KB102166

# 컨트롤러
# Controller

### FUSION FANTASTIC STORY
건(建) 장편 소설

# 컨트롤러 1

건(健) 장편 소설

초판 1쇄 찍은 날 § 2014년 2월 17일
초판 1쇄 펴낸 날 § 2014년 2월 24일

지은이 § 건(健)
펴낸이 § 서경석

편집부장 § 권태완
편집책임 § 이효남
디자인 § 이거일

펴낸곳 § 도서출판 청어람
등록번호 § 제1081-1-89호
등록일자 § 1999. 5. 31
어람번호 § 제1-1781호

주소 § 경기도 부천시 원미구 부일로 483번길 40 서경B/D 3F (우) 420-822
전화 § 032-656-4452  팩스 § 032-656-4453
http://www.chungeoram.com
E-mail § chungeorambook@daum.net

ISBN 978-89-251-3727-8 04810
ISBN 978-89-251-3726-1 (세트)

FUSION FANTASTIC STORY

건(建) 장편 소설

# 컨트롤러

## Controller

도서출판 청어람

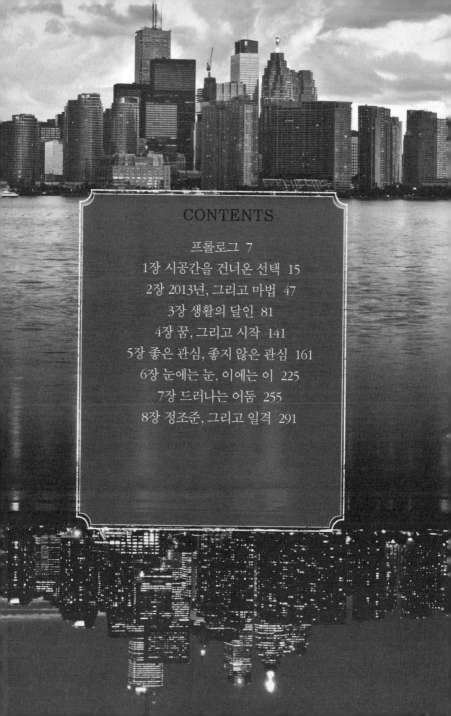

# CONTENTS

프롤로그

"어머니, 이게 답이었나요?"

3년 전, 나는 아버지를 잃었다.

그것은 생각지도 않았던 불의의 사고였다.

그리고…….

오늘 나는 남아 있던 마지막 가족.

어머니마저 잃었다.

완벽하게 혼자가 된 것이다.

홀로 남은 나에게 남은 것은 깊이를 알 수 없는 처참한 슬
픔과 처절한 복수심이었다.

3년 전.

그 날은 바로 아버지가 돌아가셨던 날이었다.

그 날도 여느 때와 마찬가지로 수업을 마치고 고등학교에서 돌아오던 길이었다.

어머니의 비명, 아니 통곡에 가까운 목소리와 함께 전화가 왔다.

아버지가 퇴근하던 길에 누군가의 차에 치여 돌아가셨다고.

병원에 도착한 후, 손을 쓸 겨를도 없이 그 자리에서 돌아가셨다고 했다.


—그 사람이 누군지 아십니까?

—누구라고 할 수는 없어도 찾는 게 어렵지는 않을 거예요. 이 좁은 땅덩어리 안에서 람보르기니를 타고 다닐 만한 사람이 얼마나 있을까요? 제대로 색까지 본 것은 아니지만 아벤타도르였던 것 같기도 한데요. 게다가 사고가 났으면 수리 기록이 남았을 테고… 걱정 마세요, 보고 들은 그대로 진술할 테니까요.


다행히 목격자가 나타났다.

대부분의 뺑소니 사고가 백방으로 수소문해도 목격자를 찾기 어려운데, 불행 중 다행인지 좀처럼 보기 드문 일이었다.

통화를 마친 나는 경찰서에 목격자가 있음을 알렸다.

하나 황당한 일은 바로 그날 일어났다.

목격자가 경찰서로 향하던 중, 괴한의 흉기에 찔려 그 자리에서 숨을 거둔 것이다.

그때부터 모든 것이 꼬이기 시작했다.

나는 목격자와의 통화를 녹음해 두었던 것을 증거로 제출하고 해당 피의자에 대한 수사를 강력히 요청했지만, 반응은 신통치 않았다.

게다가 어찌된 일인지 나에게 신고를 접수받고 수사에 가장 적극적이었던 형사 몇은 승진 발령조치가 나, 다른 경찰서로 옮겨졌다.

새로 내 사건, 그러니까 아버지의 사고 수사를 맡게 된 형사는 경력이 거의 전무하다시피 한 무능력한 초짜 형사였고, 당연히 수사가 잘될 리 없었다.

그 시점에서 나는 직감할 수 있었다.

보이지 않는 힘이 법과 민중의 지팡이를 움직이고 있음을.

몇 번을 경찰서로 직접 찾아가 심도 있는 수사와 피의자의 알리바이 및 혐의점을 확인해줄 것을 요청했지만, 알겠다는 대답과 달리 수사의 진척은 없었다.

결국 지지부진.

'다른 목격자를 찾습니다'라는 관할 경찰서의 성의 없는 플랜카드가 그 길거리에 걸린 지… 올해로 3년이었다.

사고를 저지른 주인공은 여전히 호의호식하며 잘 살고 있었다. 세간을 떠들썩하게 만드는 스캔들이나 물의의 주인공도 바로 그놈이었다.

어쨌든 아버지의 사고로 졸지에 어머니는 집안의 가장이 되었다.

지금 생각해 보면 어머니의 반대가 있었더라도, 난 학교를 그만두었어야 했다. 그랬다면 어머니가 지금과 같은 결과물로 내 앞에 나타나지는 않으셨을 것이다.

평생을 전업주부로 살아온 어머니에게 사회생활은 그리 녹록한 것이 아니었다.

당연히 주변에 흔들릴 수밖에 없었다.

어떤 것이 진실이고 거짓인지 판단할 능력이 어머니에게는 부족했다.

불법 다단계 판매.

판매의 부진으로 인한 실적 저하.

좀 더 비싸고 질 좋은 판매 패키지를 구입하면, 상위 고객의 정보를 주겠다는 판매 사기꾼의 사탕발림.

물건을 구매하기 위한 고리대금의 사용.

나아지지 않는 실적.

다시 늘어나는 빚.

더 불어나는 사채 이자.

내가 모르는 사이 어머니는 이미 이 악순환의 고리에 걸려 손을 쓸 수 없는 상황이 되어 계셨다.

내 앞에서는 항상 웃는 얼굴로 '이번 달은 판매가 좋아 너무 기분이 좋구나' 하고 거짓말을 하시던 기억이 아직도 머릿속을 맴돈다.

이미 그때부터 어머니는 좌절에 좌절을 겪고 계셨다.

안타깝게도… 난 어머니의 웃음 뒤에 숨겨진 상황의 심각함을 전혀 알지 못했다.

그리고 그 결과물이 바로 지금이었다.

어머니는 내가 성인으로서 첫 번째 생일을 맞이하던 그 날, 스스로 목숨을 끊으셨다.

몇 알인지조차 알 수 없는 수많은 수면제의 흔적들과 함께.


이제 세상에 남은 것은 나 하나뿐이었다.

그리고 나에게 남은 인연은 딱 세 가지였다.

나.

나와 아무 관계도 없는 대부분의 사람.

그리고 내 부모님을 죽음에 이르게 만든 사람.

이렇게 정확히 세 부류만이 남아 있을 뿐이다.


'아버지, 어머니. 슬픔을 조금 미룰 수 있게 허락해 주세요. 다시 제가 일어설 발판을 마련하고 나면, 그때 마음속에 묻어두었던 아버지와 어머니를 모시고 꿈속에서라도 인사드릴게요. 어떻게든… 죽을 각오로 버텨내겠습니다. 그리고 반드시 끝을 내겠습니다. 놈들이 죗값을 치를 수 있도록… 꼭 지옥으로 보내겠습니다.'

그날.

나는 피눈물을 속으로 집어삼키며 다짐했다.

독하게 이를 악물고 살아남겠다고.

그리고 언젠가 죄를 저지른 놈들의 끝을 반드시 보겠다고 말이다.

1장
시공간을 건너온 선택

"세상에 아무것도 없었다면 그것은 바로 어둠이지, 이 할 망구야! 빛은 강제적인 것이란 말이야!"

"아니 내 말은……."

"시끄러, 이 여편네가! 빛은 만들어내야 비로소 존재하지 만, 어둠은 굳이 만들어내려 하지 않아도 존재하는데 어찌 빛 의 우위를 운운하는지 말야. 늙으니까 생각도 없어지나?"

"이놈의 영감탱이가… 지금 그게 마누라에게 할 소리요? 이보시오 쭈그렁탱이 할아범, 당신만 마법사가 아니야. 나도 마법사라는 걸 까먹지 말란 말이에요."

"그깟 백마법… 애초에 백마법의 파생이 흑마법이라는 건 지나가던 개한테 물어봐도 흑마법 월월! 하면서 짖을 판인데."

"개소리도 정도껏 해요, 날 욕하는 건 참아도 백마법을 욕하는 건 참지 못해."

"빌어먹을 백마법, 퉤퉤!"

"이 미친 작자가 죽고 싶어 환장했나!"

쿠우우우웅!

와당탕탕!

쿠콰콰콰콰쾅!


"또 시작이구만……."

"끝이 없다니까요."

"저렇게 수십 년을 어떻게 같이 사셨는가 몰라요."

농부들의 탄성이 터져 나왔다.

언덕 위에 보이는 3층짜리 저택에 그들의 모든 시선이 고정되어 있었다.

언뜻 보기엔 평범한 노부부, 조금은 돈이 있을 법한 사람이 살 것 같은 집.

그 집에서는 마치 일일 행사처럼 하루에 두어 번씩 고성과 굉음이 터져 나오곤 했다.

참혹(慘酷)의 흑마법사 자르만.

전광(電光)의 백마법사 일리시아.

바로 그 집에 사는 부부의 이름이자 수식어였다.

전혀 어울릴 것 같지 않은 조합.

마치 물과 기름을 한 그릇에 담아놓은 것 같은 두 사람의 관계는 다름 아닌 부부였다.

그것도 이미 50년을 넘게 같이 살아온 노부부(老夫婦).

영지민들은 이런 언쟁과 투닥거림을 봐 온지가 어언 십여 년이었다.

싸움의 이유는 간단했다.

흑마법과 백마법, 어느 것이 더 우위에 있냐는 것이다.

부부가 똑같이 백마법사였거나, 혹은 흑마법사였다면 있지도 않았을 논쟁.

하지만 서로가 각 마법계 최고의 권위자였고, 그 권위자 둘이 하나가 된 부부였으니 타협이 있을 리 만무했다.

사실 이런 논쟁을 주고받으면서 자르만이든 일리시아든 눈 딱 감고 배우자에게 져 주고 싶었던 적도 한두 번 있기는 했다.

하지만 이뤄질 수 없는 꿈이었다.

그들은 각 마법계의 수장이었고, 그들을 바라보며 최고가 되기 위해 부단히 마법을 연성중인 꿈나무들이 수천, 수만이었다.

상대의 기에 눌려 상대의 마법이 더 우월함을 인정하기라도 한다면?

꿈나무들이 믿고 따르고, 또 닮기를 바라는 사람이 더 이상 '최고의 마법사'가 아닌 '2위 마법사'가 되게 되는 것이다.

이런 이유로 두 부부는 여전히 평행선을 긋는 언쟁 중이었다.

처음에는 끝이 나지 않는 무한 반복의 말다툼이었지만, 최근 들어서는 그 다툼의 종지부를 찍을 수 있을 만한 연구가 마무리되고 있었다.

그것은 바로 '차원 이동의 마법'을 현실화시키는 것이었다.

"험험, 부인. 언제까지 이렇게 소모적인 논쟁을 할 것이오. 우리를 보는 눈이 한둘만 있는 것도 아니고, 이미 젊은 것들은 가십거리 삼아 우리 얘기를 한 지도 오래 되었단 말이오. 쪽팔린 일이야."

일전까지 언성을 높이며 막말만 일삼던 자르만이 갑자기 목소리를 차분히 가다듬으며 말을 이어나갔다.

그러자 일리시아도 말려 올라갔던 눈꼬리를 쓸어내리며, 흠흠 하고는 목소리를 가라앉혔다.

"맞아요. 언제까지 이럴 거냔 말이에요. 하지만 답을 얻지 않는다면 그것도 무의미해요. 이제 우리의 연구를 실제로 옮길 때가 되었다고 생각해요."

일리시아가 고개를 끄덕였다.

그리고 저택의 2층 거실 한가운데에 있는 거대한 원형의 구체를 가리켰다.

크기는 지름 3m 정도 되는 구체였는데, 빛은 푸른빛이었다.

대륙 각지에서 구한 마정석들을 흡성 마법을 이용해 서로 하나의 덩어리처럼 엉겨붙게 만들고, 빈틈을 미스릴로 메꾼 거대 마정석이었다.

언뜻 보기에는 두서없이 막 붙여놓은 마정석 덩어리처럼 보여도, 자세히 보면 표면을 따라 미스릴로 필요한 마법진이 새겨진 일종의 대형 마법진이기도 했다.

이 마법진의 용도는 바로 이 세계가 아닌 다른 세계, 즉 다른 차원의 존재와 연결고리를 만들고 그에게 사념(思念)을 전달하거나 대화를 할 수 있게 만드는 것이었다.

수천 년을 살아온 드래곤처럼 차원을 넘나드는 행위까지는 불가능하지만, 이 정도만 해도 장족의 발전이었다.

사실 마법사(史)에 한 획을 긋는 일이기도 했다.

다만 여러 가지로 파장이 될 것을 우려해 자르만과 일리시아는 아직 대외적으로 이 사실을 알리지는 않고 있었다.

인간 세계를 주시하고 있는 것은 인간뿐만이 아니기 때문이다.

드래곤은 자신의 문명과 발전 속도를 위협할 만한 인간의 발견, 혹은 발명이 나타나는 것을 싫어한다.

그들은 태생적으로 고귀하고 우아하다 여기기 때문에, 인간이 무례하게 자신들의 아성에 도전하는 것을 원치 않는다.

자르만과 일리시아는 그런 드래곤의 성격을 잘 알고 있었기 때문에 굳이 긁어 부스럼을 만들 생각이 없었다.

게다가 차원을 이용한 연구의 결과물이 있는 것도 아니었다.

이제야 그 기구가 거의 완성이… 아니, 완성 된 시점인 것이다.

"부인도 알겠지만 이 구체는 이제 99% 완성이오. 나머지 1%가 뭔지는 부인도 알 것이오."

"결정이 남아 있는 거죠."

"판도라의 상자를 여는 것과 같단 말이오. 마법의 역사에 한 획을 긋는 일이 될 수도 있지만, 반대로 불필요하게 시공의 흐름을 깨는 일이 될 수도 있소."

"설령 그렇게 된다고 해도 그게 우리의 책임이겠어요? 그리고 우리가 이런 시도를 하지 않는다고 해서, 세상의 모든 마법사들이 그럴 것이란 보장도 없어요."

"그렇긴 하지."

정작 자르만의 제안으로 시작된 차원 이동에 관한 연구였고 그 결과물이지만, 실행을 시키는 것에 있어서는 되려 자르만이 더 머뭇거리는 모습이었다.

일리시아는 아주 오래전부터 차원 이동과 그에 관련된 마법에 큰 관심을 가지고 있었다.

그의 전문 마법 연구 분야가 블링크, 텔레포트, 텔레키네시스 마법인 것도 비슷한 이유였다.

자르만은 악명 높은(부인에게는 참혹은커녕 참담히 털리는 현실과 달리) 이름에 맞게 섭혼술에 관심이 많았다.

소위 마인드컨트롤, 정신제어술이 그것이었다.

사람의 정신세계와 마음을 통제하고 원하는 대로 움직이게 하고, 심지어는 스스로 죽음에 이르게까지 만드는 것.

보이지 않는 무기와도 같았다.

일반적인 공격 마법이 가시적인 타격으로 죽음에 이르게 하는 것이라면, 섭혼술은 보이지 않게 상대를 조종하는 그런 방법이었다.

더 나아가 망자(亡者)에게 단기적으로 생존 가능한 에너지를 주입하고, 그 역시 원하는 대로 움직이게 만드는… 그야말로 사이한 마법이라 할 수 있었다.

이렇게 부부는 서로 다른 길을 걸어왔고, 관심을 가지고 연구해 온 분야도 달랐지만, 한 가지 뜻에서는 일치했다.

그것이 바로 눈앞의 결과물.

차원 이동 기술이었다.

엄밀히 말하자면 두 사람이 차원을 넘나들 수 있는 기술은 아니었지만, 적어도 차원 너머의 존재와 대화를 나누고 그 존재를 어느 정도 컨트롤하는 것은 가능했다.

두 사람은 바로 이것을 이용해 오래된 호기심을 한 번에 풀어낼 생각이었다.

바로 백마법과 흑마법의 우위를 가리는 것.

정확히 흑마법사와 백마법사가 5:5로 양분된 이 세계에서 우위를 논하고 판단하는 것은 힘들었다.

그렇다고 인간 외적인 존재, 드래곤에게 답을 구할 수도 없는 것이었다.

정답은 하나.

전혀 마법과 관련이 없는 차원 너머의 세계에 있는 '누군가'에게 마법적인 지식과 기술을 전수하고, 그가 얼마나 더 어떤 마법을 효과적으로 사용하는지 관찰하는 것이다.

이 마법 구체는 차원 너머의 존재와 연결하고, 통하게 하며, 그의 모든 것을 기록으로 담을 수 있는 구체였다.

자르만 부부가 십여 년이 넘는 시간을 매일 10시간 이상을 꼬박 투자해 가며 만들어 온 이유가 있는 것이다.

다만 걱정되는 부분이 하나 있었다.

지금까지 그 어느 누구도 시공의 흐름을 뒤흔드는, 그러니까 자연의 순리를 거스르는 일을 한 적이 없었다는 것이다.

어느 누구도 시도조차 해본 적 없는 일이었기에 이론만 난무했다.

그중에서 가장 대표적인 가설은 시공의 흐름이 깨지는 순간, 차원과 차원을 잇는 통로가 불규칙적으로 생겨나게 되며, 더 나아가 그것이 마치 도미노 현상처럼 다른 차원 전체로 퍼져나간다는 것이었다.

물을 가득 담고 막아둔 댐의 한 부분에 구멍이 뚫리기 시작하면, 그 사이를 비집고 나오는 물의 압력으로 인해 댐 전체가 무너지게 되는 원리와 비슷하다는 것이 마법사들의 가설이었다.

증명은 불가능했다.

아니, 증명할 방법이 딱 하나 있었다.

바로 이 구체를 가동시키고, 이후의 상황을 보는 것이었다.

"이것저것 고민해 보는 건 의미가 없어요. 백날 메테오 마법이 어떻게 운석을 불러내고, 어떻게 떨어지게 하는지 말로 이야기해봤자 소용 있어요? 그때처럼 사막 한가운데라도 가서 운석공을 시원하게 불러내야, 아― 메테오 마법이 이런 것이었구나 하는 거예요."

일리시아의 말에는 거침이 없었다.

겉으로 보이는 그녀의 이미지는 도도하면서도 내성적이고, 숫기가 없는 그런 것이었지만 마법 연구에서만큼은 달랐다.

오히려 자르만보다 더 열정적이고 적극적이었다.

"확실히 그렇긴 하지. 부인의 말이 맞소."

자르만도 고개를 끄덕였다.

'그때'라는 것은 자르만이 9서클의 마법사가 되었던 날, 지금처럼 메테오 마법의 공격 범위와 시전 과정을 두고 일리시아와 갑론을박이 있었던 10년 전의 날이었다.

어지간한 소도시를 통째로 날릴 수 있는 광역 타격의 마법.

웬만한 규모의 시험장으로는 실험이 불가능했다.

그래서 일리시아는 불필요한 논쟁 대신, 자르만을 이끌고 드래곤 대륙 한가운데로 이동했다.

드래곤의 영역으로 들어가는 것인만큼 목숨을 건 이동이었지만, 그렇지 않고서는 이론만 놓고 '만약'을 운운하는 일밖에 생기지 않기 때문이었다.

결국 시원하게 그 결과물을 보았고, 기록으로 남긴 당시의 상황은 수많은 마법사들의 지식 저변을 넓혀주었다.

"오히려 기대되지 않아요? 어떤 존재가 우리의 선택을 받을지. 그 세계는 어떤 세계일지. 어쩌면 우리가 사는 이곳과는 전혀 다른 문명일지도 몰라요. 혹은… 말조차 통하지 않는 미물(微物)일지도."

일리시아가 기대에 찬 눈망울로 자르만을 바라보았다.

이미 그녀는 양 손에 마나의 기운을 잔뜩 이끌어내고 있었다.

"흠흠. 그래, 해봅시다. 내가 필요 이상으로 우유부단했군."

자르만이 고개를 끄덕였다.

그동안 투자해 온 연구 기간이 십여 년이다.

이제 와서 결정을 망설일 필요가 없었다.

만약의 위험성을 고려하고 실험을 피하기에는 지난 시간
들을 부정하는 것이 되는 것이다.

"당신의 걸작이에요, 이 구체는. 당신이 없으면 해낼 수 없
었던 일이야. 당신은 정말 최고의 마법사라구요."

"으음……! 불끈 힘이 솟는구만!"

남편을 입맛대로 조리(?)하는 법을 아는 일리시아는 단물
이 잔뜩 발린 칭찬으로 자르만을 부추겼다.

흑마법사들 중에서 단연 으뜸, 피도 눈물도 없는 냉혈한으
로 불리는 것이 자르만이었지만, 일리시아 앞에서는 그저 길
들이기 쉬운 한 남자이자 남편일 뿐이었다.

"해봐요. 벌써부터 가슴이 벅차오르는데, 기대되잖아요."

"어떤 놈이 걸려들지?"

자르만이 눈가를 찡긋거렸다.

괜한 질투심이랄까.

"어떤 년일지도 모르잖아요?"

일리시아가 재치 있게 자르만의 말을 받았다.

"어떤 '것' 일지도 모르지."

"그럴 수도 있겠네요."

"자, 그럼 시작해 봅시다. 부인, 준비됐소?"

"준비는 10년 전부터 하고 있었어요."

자르만의 말에 일리시아가 고개를 끄덕였다.

"그럼 시작합시다."

파앗―!

말이 끝나기가 무섭게 자르만이 체내에 흩어진 마나의 기운을 양손으로 빠르게 끌어올리기 시작했다.

샤아아!

회백색의 기운이 순식간에 자르만의 양손을 감쌌다.

일리시아의 양손에는 순백의 기운이 가득 차 있었다.

흑마나와 백마나.

차원의 문을 잇는 이 구체에는 정확히 50:50으로 전혀 다른 성격의 두 마나가 채워져야 했다.

이 작업은 단순히 수치화할 수 있는 것이 아닐 뿐만 아니라, 구체가 정확히 담아낼 수 있는 마나의 양에 대한 이해도 있어야 했다.

일반 마법사였다면 불가능했겠지만, 두 사람에게는 가능했다.

그것이 바로 전대미문의 흑―백마법사 부부, 자르만과 일리시아의 강점이었다.

우우우웅― 우우우웅―

마나가 주입되기 시작하자, 생기 하나 없던 푸른색의 구체가 점점 빛을 머금고 뿜어내기 시작했다.

처음에는 단색의 파랑에 가까웠다면, 마나가 주입되기 시작하면서 점점 에메랄드빛의 푸른색으로 변해가고 있었다.

"집중을 잃지 마오, 부인. 나 혼자서는 아무것도 이뤄낼 수 없어."

"걱정하지 마요, 자르."

자르만의 격려에 일리시아가 그의 애칭을 부르는 것으로
답했다.

두 사람은 모든 신경과 힘을 구체에 집중하고 있었다.

빠르게 구체에 마나가 채워져 갔다.

10%, 20%, 40%, 80%, 90%……

웅! 우웅! 웅!

9할 이상의 마나가 채워지자 구체는 더욱 격렬하게 소리를
내기 시작했다.

색깔은 완벽한 에메랄드색이 되어 있었다.

흑마나와 백마나가 균형 있게 주입되고 있으며, 현재도 그
런 상태라는 증거였다.

"좀만 더!"

"하압!"

자르만과 일리시아가 동시에 체내의 마나를 다시 한 번 더
끌어올렸다.

마무리가 중요했다.

99.9%가 되어서도 안 되고, 100.1%가 되어서도 안 된다.

정확한 100%.

그래야만 균열 없이 시공의 문이 열리고, 저 너머 세상의
존재와 닿을 라인(Line)을 구현할 수 있게 되는 것이다.

우우웅! 샤아아—

우우웅! 샤아아—

마나가 계속해서 채워지자, 구체가 반짝이는 섬광을 뿜어
내다가 사그라들고, 다시 뿜어내다가 사그라들기를 반복했
다.

마지막 단계였다.

"······!"

"······!"

두 사람은 눈빛으로 본인들이 느낀 상황을 직감했다.

99.9%의 마나가 채워진 상황.

오랜 기간의 연구로 두 사람은 남은 0.1%를 어떻게 채우는
지 알고 있었다.

"핫!"

"야앗!"

틱! 티틱!

구체에서 손을 뗀 두 사람이 검지 위로 손가락 두 마디 정
도 지름의 마나 구체를 만들어냈다.

그리고 동시에 대형 마나 구체쪽으로 그것을 튕겨냈다.

슈우욱! 슈우욱!

한치의 오차도 없이 동시에 흡수된 마나.

지이이잉!

슈우우우······.

그 순간, 섬광을 뿜어냈다가 사그라들기를 반복하던 마나 구체가 움직임을 멈췄다.

휘이이이이이이이!

그리고 일진광풍이 불어닥쳤다.

와당탕탕! 와장창창! 쨍그랑! 와드드득!

"하하하하하하!"

"성공이에요!"

자르만과 일리시아는 자신들을 둘러싸고 있는 저택의 외벽과 창문, 물건들이 산산조각나 흩어지는 광경을 보며 환호성을 내질렀다.

저것은 실제가 아니었다.

시공의 균열이 생겨나며 생기는 착시와 환청이었다.

문이 열렸다는 증거인 것이다.

지이이이잉!

다시금 마나 구체가 진동하기 시작했다.

우우우웅!

격렬하게 흔들리는 몸체.

그리고 정중앙의 원형 홈에서 붉은 빛이 새어 나오기 시작했다.

"라인이 만들어지고 있어!"

자르만이 두 주먹을 불끈 움켜쥐었다.

붉은빛.

그것은 시공을 연결할 라인의 시작 단계였다.

"어떻게 될 것 같아요? 자르만, 성공이라구요!"

"알고 있소, 부인! 자아, 지켜봅시다! 우리의 연구는 이제부터 시작이오. 하하하하하!"

"호호호호호호!"

누가 먼저랄 것도 없이 자르만과 일리시아는 서로를 부둥켜안고 기뻐했다.

그러는 사이 준비를 끝낸 마나 구체의 원형 홈이 방향을 하늘로 돌렸다.

그리고.

파아아아아아앗!

끝을 알 수 없는 강력한 붉은 빛줄기가 하늘로 솟구쳤다.

두 사람은 그 빛줄기를 볼 수 있었지만, 두 사람을 제외한 어느 누구도 빛줄기를 볼 수 없었다.

시공의 연결.

그 순간만큼은 모든 것이 멈춰버리기에.

샤아아아—

어느새 붉은 빛줄기가 사라졌다.

그리고 그 자리에 보이지 않는 무형의 선이 구축됐다.

자르만과 일리시아가 말하던 바로 그 라인(Line)이었다.

라인이 생겼다는 것은 다른 차원의 존재와 그 선이 닿았다는 것을 의미했다.

"됐어요! 됐다구요!"

라인이 생겨난 것을 본 일리시아가 벅차오르는 감정을 주체하지 못하고, 다시금 자르만을 와락 부둥켜안았다.

자르만 역시 그런 일리시아를 감싸 안아주었다.

그리고.

조심스럽게.

아주 조심스럽게 두 눈을 감았다.

이어서 왼손을 구체 위에 얹었다.

대화를 시도하는 것이다.

흠— 흠—

터져 나오는 헛기침.

자르만은 몇 번이고 헛기침을 반복하며 목소리를 가다듬은 뒤, 10여 년을 넘게 준비해두었던 차원 너머의 존재에게 첫 대화를 시도했다.

"들리느냐?"

\*　　　\*　　　\*

거리로 내몰린 그날 이후, 현성은 모든 슬픔과 아픔을 가슴 속으로 접어두었다.

당장에 다시 딛고 일어설 기회를 만들려면 어쩔 수 없었다.

할 수 있는 일이라면 닥치는 대로 했고, 잠을 줄여야 한다면 잠을 줄였다.

숙식을 해결할 수 있는 일터를 구하는 것이 쉽지 않아 아파트 지하실에 숨어들어가 잠을 청하거나, 24시간 패스트푸드점을 찾아 아이스크림 하나를 시켜놓고 몰래 쪽잠을 자다가 쫓겨나기도 했다.

현성의 목표는 오로지 하나였다.

악착같이 돈을 모아, 미니트럭 하나를 구하는 일이었다.

미니트럭을 구한 뒤, 적당히 내외부를 고쳐 소규모 창업을 할 생각이었다.

그래도 죽으란 법은 없는지, 현성에게는 할머니에 이어 어머님으로부터 물려받은 비법이 하나 있었던 것이다.

여러 가지 이유로 인해 3대를 물려 내려온 요리법이 사업으로 이루어지지는 못했지만, 객관적으로 생각하기에도 할머니와 어머니가 물려주신 한식 요리법은 단연 일품이었다.

그중에서도 김치찌개와 된장찌개는 전국의 어느 맛집을 간다고 해도, 이것보다 더 맛있을 리는 없다고 자부할 수 있었다.

그 정도로 정말 맛있었다.

20년을 넘게 먹어온 그 맛을 현성이 모를 리 없었다.

확신할 수는 없더라도 자신할 수는 있었다.

그래서 가장 적은 자본으로 빠르게 자리를 잡을 수 있는 사업을 생각했던 것이고, 결론이 바로 미니트럭 창업이었다.

트럭 하나만 구하는 데에 500만 원이 넘고, 초기에 드는 비용 이것저것을 고려하면 아직은 좀 더 열심히 일해야만 했다.

하지만 거리로 내몰려 내일 무엇을 해야 할지 정하지도 못하고 정처 없이 떠돌던 것을 생각하면, 지금은 장족의 발전이었다.

작은 옥탑방이긴 해도, 몸을 눕히고 이불을 덮고 있을 수 있는 공간이 있다는 것만으로도 충분히 예전과는 달라진 지금이었다.

운 좋게 숙식이 해결되는 일터를 구한 덕분이었던 것이다.

새우잠을 자고 새벽부터 일을 시작해야 하는, 그래서 사람들이 가장 두려워하는 지옥의 택배 상하차 작업이었지만 그래도 행복했다.

물론 몸이 항상 고단한 것은 두말할 나위는 없었다. 그리고 앞으로도 얼마 동안은 이런 생활이 계속될 것이라는 것을 현성은 잘 알고 있었다.

쳇바퀴처럼 흘러가는 삶.

목표는 있었어도 무미건조할 수밖에 없는 고생스럽고도 힘든 삶이었다.


"후아."

현성의 입에서 뜨거운 숨결이 터져 나왔다.

짙게 만들어진 입김은 공허하게 허공을 가르며, 어느새 밤

공기에 뒤섞여 사라져갔다.

"쉽지 않을 건 알고 있었지만. 이래서야 몸이 버티질 못하겠는데."

현성이 뻐근해져 오는 양 어깨를 습관적으로 돌렸다.

일을 한 번도 해보지 않은 사람은 택배 상하차 작업을 하면, 운동도 되고 근육도 만들어질 테니 일석이조라고 한다.

전혀 모르는 소리다.

전신의 힘을 그때그때 사용해야 하는 것은 많지만, 사실상 허리를 축으로 상체의 힘을 주로 쓰는 일.

그렇다 보니 필요 이상의 하중이 늘 허리와 척추, 어깨에 실리게 마련이고 조금 무리했다 싶으면 몸에서 적신호가 온다.

게다가 명절 때라던가 연말연시가 되면 거의 초죽음 상태에 이를 지경으로 물건이 쏟아졌다.

달리 불평불만을 할 수도 없고 쉴 수도 없다.

하루하루가 고된 일의 연속인 것이다.

그래도 현성인 달리 누군가를 원망하거나 신세를 한탄하지는 않았다.

돈을 벌 수 있고, 자기 몸 하나 건사할 수 있음에 만족했다.

목표가 있기 때문이다.

빠르게, 그리고 많게는 아니더라도 분명 통장에는 차곡차곡 돈이 쌓이고 있었다.

원하는 만큼의 돈이 모이면, 바로 일을 그만두고 창업을 할 생각이었다.

결과가 실패로 이어질 수도 있다.

생각했던 것만큼 장사가 되지 않을 수도 있다.

하지만 그러면 다시 시작하면 그만이었다.

현성은 최대한 긍정적으로 생각했다.

실패해도 아직은 젊다.

이제 겨우 스물에서 스물하나를 바라보는 나이인 것이다.

물론 그렇다고 해서 과거를 잊은 것은 아니었다.

현성의 가슴 속에는 항상 부모님을 최악의 상황까지 몰고 간 '그자' 들에 대한 차가운 복수심이 담겨 있었다.

지금도 아버지를 죽음에 이르게 만든 차의 주인과 어머니가 끝내 목숨을 끊게 만들었던 다단계 판매업자들은 여전히 활개를 치고 다니고 있었다.

또한 현성을 거리로 내몬 사채업자들에 대한 기억도 잊지 않았다.

어머니의 자살 이후, 빚을 감당할 자신이 없었던 현성이 부모님으로부터의 모든 재산 상속을 포기하자 더 이상 돈을 필요로 하는 일은 생기지 않았다.

어마어마한 빚의 멍에가 씌워지지는 않았지만, 부모님이 평생을 피땀 흘려 번 돈으로 어렵게 마련했던 집은 사채업자, 그러니까 채권자의 손에 고스란히 넘어갔다. 심지어 장례식을 치르고 남은 부조금까지도.

인정 같은 것은 없었다.

어머니를 잃은 슬픔을 채 씻어내기도 전에 현성은 몸 하나 눕혀 잠잘 공간도 없는 그야말로 부랑자(浮浪者)가 되어버렸다.

현성은 반드시, 언젠가 그놈들과는 끝을 볼 생각이었다.

다만… 지금은 자신 스스로를 위해 분을 가라앉히고, 다시 재기할 발판을 마련하기 위해 모든 역량을 집중하고 있을 뿐이다.

그것뿐이었다.

＊　　　＊　　　＊

"산이나 잠깐 타고 들어갈까."

옛 생각에 현성은 마음이 심란해졌다.

현성이 세를 들어 살고 있는 옥탑방으로 가기 전, 옆으로 보이는 골목 하나를 지나고 나면 작은 뒷산이 하나 있었다.

얼추 해발 150m 정도 되니 기분 전환 삼아 산책길로 애용해도 딱 좋은 곳이었다.

하지만 최근 들어 이 동네에서 살인도 한 번 일어났던 데다가, 성추행 사건이 여럿 터지고 있어 땅거미가 질 무렵이면 인적이 뚝 끊기곤 했다.

가로등도 듬성듬성 놓여 있고, 순찰차도 매일 약속이라도 한 듯이 같은 시간대에만 지나가는 이곳.

그래서 발길이 뜸했다.

물론 혼자만의 시간이 필요한 현성에게는 별로 문제가 되지 않았다.

어중이떠중이들만 모아놓은 건달패 서너 명 정도는 혹여 길거리에서 마주친다 하더라도, 상대할 자신은 있었다.

학창시절에 남들보다 더 열심히 공부하고, 남들에게 꿇리지 않게 주먹 정도는 쓸 줄 알았던 현성이었다.

공부도 잘하고 싸움도 잘한다는 질투 어린 시선을 받을 정도였으니까.


바사삭. 바사삭.

이제 초겨울에 접어들고 있어서인지, 산길에 잔뜩 깔린 낙엽을 밟을 때에도 부드러운 소리보다는 얇은 얼음을 깨는 듯한 소리가 났다.

나쁘지 않았다.

일터에서는 누구보다도 활동적이고 적극적인 현성이었지만, 혼자만의 시간을 가질 때는 이렇게 조용히 사색(思索)하는 것을 즐겼다.

자연스레 만들어진 산길을 따라 걸었다.

빛이라고는 가로등에서 새어 나오는 은은한 불빛과 달빛

이 전부였지만, 완만한 산길을 따라 움직이기에는 문제가 없었다.

현성은 조용히 생각을 가다듬었다.

지금까지 모아온 돈, 앞으로 모아야 할 돈.

사업의 시작점, 그리고 이동 경로.

판매 전략과 적당한 가격의 선정까지…….

확실히 고민해야 할 부분들이 많았다.

그렇게 한참을 걸었다.

잠깐 생각이나 정리할 겸 들어온 길이었지만, 생각에 잠겨 걷다보니 어느새 산중턱을 지나 정상까지 가까워져 있었다.

이쯤 되니 앞도 잘 보이지 않고, 무턱대고 감에 의지하고 걷기에는 시야가 좁아 위험했다.

"돌아가자."

현성이 발길을 돌렸다.

이 정도 기분 전환이면 충분했다.

이제 또 내일을 준비해야 하는 것이다.

빠직!

"……?"

바로 그때.

현성의 눈앞에서 한줄기 섬광이 일었다.

구름 한 점 없이 맑은 밤하늘.

낙뢰는 아니었다.

하지만 선명히 보였다.

그것도 붉은빛의 기괴한 섬광이었다.

"헛것이 보……."

빠직! 빠지직! 빠직!

잘못 보았나 싶은 생각에 말을 이어가려던 현성의 눈앞에서 이번에는 세 줄기의 섬광이 순차적으로 바닥에 내리쳤다.

엄청난 충격파가 있을 것 같은 섬광의 추락이었지만, 주변은 아무런 미동 하나 없이 조용했다.

샤아아아아—

"아아앗!"

바로 그때.

지면으로 내리 꽂혔던 네 줄기의 빛 중 하나가 연기처럼 스멀스멀 피어오르더니 마치 살아 움직이는 뱀처럼 현성을 향해 빠르게 달려들기 시작했다.

"뭐야? 뭐냐고?"

좀처럼 평정심을 잃지 않는 현성도 믿지 못할 광경이 벌어지니 당황한 마음이 앞섰다.

갑자기 내리친 섬광.

그 섬광이 만들어낸 정체불명의 연기.

그리고 마치 먹이를 찾아 움직이는 듯한 연기의 움직임.

스으으윽!

"……!"

도망치거나 몸을 피할 새도 없이 붉은 빛의 연기는 어느새 현성의 몸 전체를 감쌌다.

그 순간, 마치 온몸이 단단한 밧줄에 묶인 것처럼 꼼짝달싹할 수 없게 단단해졌다.

"읍. 으읍! 뭐지, 도대체? 크으윽!"

현성이 몸을 비틀면 비틀수록, 옥죄어오는 느낌은 더 강해졌다.

이윽고 연기의 가닥 중 꼬리처럼 보이는 무언가가 현성의 얼굴 언저리로 향했다.

좋지 않은 느낌.

현성은 아주 짧은 순간에 저것들이 자신의 입과 코, 귀를 비집고 들어오는 상상을 했다.

마치 촉수 영화에나 나올 법한 그런 광경을.

이윽고 그 상황이 현실이 되었다.

슈우우우욱!

"크읍! 어읍!"

눈 깜짝할 사이에 벌어진 일이었다.

그리고 현성의 생각도, 느낌도, 시간도 모두 거기서 멈춰버렸다.

알 수 없는 느낌이 만들어낸 나락 속에서 현성은 한없이 어두운 어디론가 떨어지는 자신을 느꼈다.

위도 없고 아래도 없는 끝없는 추락.

떨어지고 떨어지고, 또 떨어졌다.

그렇게 이유도 영문도 모른 채 추락을 거듭하기를 반복하길 몇 분을 지났을까.

파앗!

갑자기 어둠 속에서 한줄기 빛이 일었다.

순식간에 허공을 가르며 날아든 한줄기 빛은 현성의 온몸을 단번에 감쌌고, 추락하던 현성의 몸이 공중에서 멈춰섰다.

"들리느냐?"

그 순간.

전혀 생각지도 않았던 낯선 목소리가 들려왔다.

"…으음."

현성이 추락 속에 희미해져가던 의식을 바로 잡고, 목소리의 끈을 붙잡았다.

"내 말이 들리느냐?"

다시 한 번 질문이 던져진다.

누가 말을 거는지, 어떻게 생긴 사람인지, 왜 그런지는 알수 없다.

단지 들리는 지를 확인하는 물음만이 있을 뿐.

현성이 고개를 끄덕였다.

"들… 들립니다."

"성공했군. 성공이야."

"…예?"

현성에게 질문을 던진 상대는 현성이 들린다는 대답을 하자마자, 다행이다— 혹은 괜찮은가라는 대답이 아닌 '성공했다' 라는 말을 먼저 내뱉었다.

도대체 이게 무슨 일인거지?

현성은 아득해져 가던 의식을 다잡고, 정신이 몽롱한 와중에서도 돌아가는 상황이 심상치 않다는 생각을 했다.

무엇이 성공을 했단 말인가?

현성은 정체불명의 존재인 상대가 그래도 어느 정도는 답을 줄 수 있을 것이라 다시 한 번 믿었다.

"무엇이… 성공을 했다는 것이고, 여기는 어디입니까……?"

"여보, 성공했어요?"

"성공했소."

"그럼 시작해요!"

"……."

뇌리를 스치는 불안한 느낌.

현성은 지나치게 일방적이고 자기중심적인 상대의 대화에 좋지 않은 느낌이 들었다.

그리고 그 느낌은… 현실이 되었다.

"지금부터 마나 주입을 실시하겠다."

"예?"

"시작!"

"크아아아아아아아아아아악!"

최고의 필연일지, 최악의 악연일지 모를 인연의 시작이었다.

2013년 11월. 입김이 희뿌옇게 만들어지던 어느 추운 초겨울날 밤의 일이었다.

2장
2013년, 그리고 마법

"으아아아악!"

악몽의 시작이었다.

아니, 꿈이 아니니 악몽도 아니었다.

정말 신경 하나하나가 곤두서고, 그 신경 모두에 고통이 전해지는 참혹한 느낌의 시작이었다.

나는 에메랄드빛으로 둘러싸인 원형의 막 안에 갇혀 있었다.

어디가 위이고 아래인지, 왼쪽이고 옆인지 알 수 없었다.

바닥을 딛고 있는 것이 아니라 둥둥 떠 있는 상태였고 그래서 더 위치를 가늠하기 힘들었다.

지이잉! 지이잉!

"크윽! 윽! 으으윽!"

한 번 지이잉 하고 소리가 날 때마다 막의 외곽에서 안쪽으로 푸른빛의 기운이 스며들었다.

그리고 그 기운은 대(大)자로 몸을 펼치고 있는 내 양손 끝을 타고 가감 없이 파고 들어왔다.

언뜻 보기에는 형체 없는 연기 같은 기운이 스며드는 것 같은데, 고통이 상당했다.

굳이 비유를 하자면 양쪽 팔에 주사기를 꽂고, 억지로 다른 액체를 밀어 넣는 느낌이었다.

"왜, 왜 이러는 거냐구요!"

나는 악에 받쳐 소리를 내질렀다.

갑작스럽게 벌어진 일.

하지만 나 혼자서 겪는 일이 아니었다.

분명 누군가가, 그것도 부부인 두 사람이 나를 실험체마냥 무언가를 시도하고 있었다.

나를 보고 있다는 것이다.

그 당사자인 내가 이렇게 고통에 몸부림치고 있음에도, 상대에게선 걱정이라든가 혹은 상황 설명 같은 어떤 말도 없었다.

완벽한 일방통행.

그들은 가해자였고, 나는 피해자였다.

계속 푸른빛의 기운은 쉴 새 없이 스며들었다.

처음에는 고통의 연속이었지만, 고통이 반복되다 보니 어느새 익숙했던 느낌처럼 점점 무디어져 갔다.

억지로 밀려들어 오는 듯하던 이질감도 사라졌다.

"웨에에엑!"

다만 계속된 고통을 몸이 견뎌내지 못했는지, 내가 달리 생각할 겨를도 없이 토악질이 터져 나왔다.

그렇게 몇 번을 속을 비워내고 나니, 오히려 한결 편해졌다.

마치 가슴속을 꽉 메우고 있던 체기를 쓸어내린 느낌이었다.

"여보, 어때요?"

"성공적으로 주입되고 있소. 비율도 완벽하고."

"죽지는 않겠죠?"

"음… 글쎄? 하지만 그렇게 되면 또 오랜 시간을 공을 들여야 하오. 그럴 순 없어."

그 와중에 어딘가에서는 부부의 대화가 계속 들려왔다.

실험실의 모르모트의 기분을 느낄 수 있다면 바로 이런 걸까.

난 완벽하게 그들의 대화의 걱정 대상이 아니었다.

옴짝달싹하지 못하는 상태이기에 몸을 움직일 수는 없지만, 생각은 할 수 있었다.

지금 이게 어떤 상황일까?

현실적이고 상식적인 범주에서는 이해할 수 없었다.

애초에 어딘가로 떨어지고, 또 계속 허공에 떠 있고, 정체불명의 기운이 몸속으로 들어온다는 것 자체가 현실적이지 못했다.

그렇다면?

허무맹랑할지라도 상상의 폭을 넓혀야 했다.

상대는 나를 멀리서도 컨트롤할 수 있는 사람들이다.

어렵지 않게 정체불명의 공간에 나를 띄워놓고, 자신들이 원하는 바를 실행할 수 있는.

2013년의 지금에 맞게 생각한다면 고도의 과학기술을 가진 존재인 것이고, 그게 아니라면 영화나 만화에서나 보던 마법이나 싸이코틱한 기술일 것이다.

나를 죽이는 게 목적은 아닐 것이다. 오랜 시간 공을 들여야 다시 실험을 할 수 있다지 않는가?

그리고 죽일 생각이었으면 처음부터 쉽게 죽일 수 있었을 터.

그들이 내게서 원하는 건, 자신들의 호기심을 채우는 '어떤 일' 임이 틀림없었다.

다시 말해서 나를 통해 호기심에 대한 답을 얻어야 하고, 내가 죽으면 그 답을 얻지 못하게 되는 것이다.

'내가 이렇게 냉정하게 생각하고 판단할 수 있었나?'

혼란스런 와중에도 당황하지 않고 스스로를 컨트롤하는 내 모습에 놀라움을 느꼈다.

영문도 모른 채 죽을 수도 있었던 상황.

하지만 나는 어느새 상황의 핵심을 꿰뚫어보고 있었다.

확신할 수 있었다.

내가 선택되고 이런 일이 벌어지기까지의 과정은 비현실적이고 허무맹랑한 일이지만, 어쨌든 벌어진 일이고 예상외로 그 열쇠는 상대가 아닌 내게 주어져 있음을.

"후우."

나는 다시금 심호흡을 했다.

그리고 계속해서 스며들어 오는 기운을 몸의 모든 힘을 빼고 받아들였다.

이 기운이 무엇인지는 알지 못한다.

하지만 이미 받아들여진 기운이고, 이제 와서 없었던 일로 되돌릴 수도 없다.

그렇다면.

배부르게 실컷 받아두는 것이다.

분명 쓸모가 있을 것이다.

\* \* \*

시간은 그렇게 1시간이 넘게 흘렀다.

"전혀 이국적인 얼굴이에요. 전설로만 전해지던 극동(極東)의 아시리스 대륙의 사람과 생김새가 비슷해요."

"내가 보기에도 그렇소."

"거의 다 끝난 것 같아요."

"비율은 완벽하오. 부인이 원하는 대로, 또 내가 원하는 대로. 정확히 흑마나와 백마나의 기운이 절반씩 들어갔소. 우리가 활용법을 잘 알려준다면, 충돌 없이 두 마법을 구현해낼 수 있을 거요."

"이제부터 시작이에요, 여보."

"그러게 말이오. 이제 대화를 시도해 봐야겠소."

차원 너머의 존재는 온몸이 축 늘어진 채로 허공에 떠 있었다.

이곳은 일종의 아공간이었다.

아무리 걸어도 끝에 도달할 수 없고, 아무리 떨어져도 지면에 닿지 않는 공간.

허상으로 가득 찬 공간인 것이다.

한 시간 동안 순식간에 많은 일들이 이루어졌다.

자르만과 일리시아는 기대감에 차 있었다.

결과는 성공이었다.

원하는 대로 흑마나와 백마나가 각각 절반씩 녀석의 마나 홀 속으로 빨려들어 갔다.

마나 홀의 역할을 하는 것은 심장이었다.

다행히 몸에는 이상이 없었고, 마나 홀은 완벽히 자리를 잡았다.

마나가 주입되는 과정에 포함된 절차에 의해 자연스럽게 언어도 체득되었다.

필요하다면 통역 마법을 사용해도 되겠지만, 그렇게 하지 않아도 의사소통에는 문제가 없었다.

명색이 9서클의 흑마법사와 백마법사였다.

차원을 넘나드는 마법 구체를 준비하기 위해 걸린 수십 년의 시간을 생각하면, 언어 능력을 주입시키는 마법은 마법 축에도 끼지 못하는 것이다.

마법 구현, 차원 연결, 그리고 마나 주입.

모든 과정이 완벽하게 이루어졌다.

현성은 느낄 수 없었지만, 자르만과 일리시아는 현성의 머리 위에 만들어진 무형의 눈을 통해 현성을 지켜볼 수 있었다.

정확하게 말하자면 10m 정도 위에서 사방을 둘러볼 수 있다는 것이고, 그 눈은 부부의 저택에 있는 마나 구체를 통해 모습을 보여주는 것이다.

"입고 있는 복색도 다르고. 머리색도 흑발(黑髮)이에요. 골격이나 키도 우리네의 남자들보다 더 좋은 것 같고. 눈동자 색깔도 달라요. 정말 신기하지 않아요?"

일리시아는 호기심에 가득 찬 눈으로 현성의 몸 여기저기를 탐색하고 있었다.

머리, 이마, 눈, 눈동자, 코, 입, 가슴, 허리, 그리고…….

"정말 남자다운 부분이 하나 더 있는 것 같기도 하구요. 호호호."

"허어, 부인!"

일리시아의 눈이 현성의 두 다리 사이에서 멈추고, 그 눈빛 그대로 자신의 허리춤 아래로 향하자 자르만이 얼굴을 붉히며 화를 냈다.

자르만이 보기에도 확실히 녀석은 좋은(?) 물건을 가지고 있었다. 그것도 아마 저 세계의 특징 중 하나이거나, 아니면 녀석의 특별함이거나 그럴 것이다.

"이제 깨워야겠어요. 궁금한 것들이 너무 많아요! 당신도 그렇지 않아요?"

"당연하다마다. 이제 인사를 해야지. 저 녀석에게."

서로 사는 세계가 다르다 하더라도, 보이는 외모로 나이를 판단하는 것은 어렵지 않았다.

반들반들한 피부의 윤기라던가 마나를 받아들이는 속도 등을 고려해 보니 높게 잡아도 스무 살에서 스물두 살 사이로 보였다.

자르만과 일리시아의 나이에 조금만 더 보태면 손자라고 해도 이상할 것 없는 나이다.

마치 제자를 받아들이는 느낌이랄까.

서로 달리 표현을 하지는 않았어도 자르만과 일리시아가 현성에게 느끼는 감정은 비슷했다.

초반의 과정이 일방적으로 진행된 면은 있었지만, 언제까지고 일방통행을 할 생각은 없었다.

단순히 실험체 하나를 구하기 위해 이렇게 수십 년간 준비해 온 것이 아니기 때문이다. 그럴 생각이었으면 다른 방법을 찾았을 터다.

"험험."

자르만이 헛기침을 했다.

"험험험."

작업에 집중하고 있었던 탓인지 잠겼던 목이 쉬이 풀리지 않았다.

자르만은 몇 번을 더 헛기침을 하고 나서야 현성에게 말을 걸 수 있었다.

"들리느냐?"

"……"

아공간에 눈을 감은 채 누워 있는 현성은 아무런 반응이 없었다.

"들리느냐? 일어나 보거라."

자르만이 재차 말을 걸었다.

까딱. 까닥.

"반응이 있어요!"

그때, 현성의 손가락 끝이 미세하게 움직였다.

아직 눈치채지 못한 자르만과 달리, 일리시아는 현성의 움직임을 바로 캐치해냈다.

"으으으음……."

이윽고 들려오는 신음 소리.

그리고 현성에게서 느껴지는 생명의 움직임.

자르만과 일리시아의 시선은 한 치의 이탈도 없이 현성의 얼굴로 집중됐다.

\* \* \*

마음을 비우고 내게로 파고드는 푸른 기운에 몸을 맡긴 뒤.

어느 순간엔가 나는 정신을 잃었다.

언제쯤인지는 잘 기억나지 않지만, 아마도 절정에 이르는 과정에서 폭발적으로 그 기운이 쏟아져 들어올 그 무렵이었던 것 같다.

의식은 점점 돌아오고 있었다.

눈앞의 형체들도 점점 선명해진다.

큰 고초를 겪은 몸이지만, 어찌된 일인지 몸은 오히려 한결 가벼워진 느낌이었다.

달빛, 그것도 반달이 떠 있는 겨울날의 어두운 달빛이었지만 시야는 밝고 또렷했다.

—이제 정신이 좀 드느냐?

목소리가 들려왔다.

정체불명의 공간에 있을 때도 계속해서 들었던 목소리.

나는 충분히 대답할 만한 의식이 있었음에도 일부러 대답하지 않고 시간을 끌었다.

물론 당장에 두 눈을 버럭 뜨고 이게 무슨 일이냐, 도대체 나에게 무슨 일을 한 거냐 따질 수도 있었다.

하지만 그럴 만큼 상대가 나를 필요로 하는지 알 수 없었다.

의도한 침묵.

상대는 꽤나 몸이 달았던 모양이었다.

중년 여성의 것으로 들리는 목소리는 연신 나에게 일어나 보라며 절대 정신을 잃어서는 안 된다고 중얼거렸고, 중년 남성의 목소리는 나름 위엄을 잃지 않는 명령조의 목소리로 나를 깨웠다.

난 느낄 수 있었다.

처음 생각했던 대로다.

열쇠는 내가 쥐고 있다.

그들의 대화를 조용히 듣고 있자니, 두 사람은 어떤 실험을 하기 위해 나를 여기로 끌어들인 듯했다.

두 사람이 어떤 사람인지, 어떻게 생겼는지, 어디에 있는 사람인지는 모른다.

하지만 확실한 것은 상당히 오랜 기간이 걸리는 준비 끝에 이 일을 진행했으며, 그 일에 선택된 것이 나라는 것이다.

궁금한 것들은 더 있었지만, 이제는 내가 정신을 차리고 차근차근 알아갈 문제였다.

단발성의 실험과 해프닝으로 끝날 일은 아닌 것 같았다.

그 즈음을 해서 내 주변을 둘러싸고 있던 정체불명의 공간이 사라지고 현실 세계의 모습들이 들어왔다.

그제야 나는 안심했다.

그리고 처음으로 저 너머의 목소리에 대답을 했다.

당황한 듯한 목소리로.

마치 아무것도 모르는 것처럼.

"들, 들려요. 그, 그런데 도대체 무슨 일이 일어난 거죠? 이건 어떻게 된 거죠? 죽은 건가요?"

―그럴 리가 있느냐. 너는 살아 있다. 네 세계에 온전히 존재하는 것 같구나.

"이게 무슨 일인가요?"

―시간은 많다. 차근차근 설명해줄 수 있다. 그것보다 내 질문에 먼저 대답을 해줘야 하겠구나. 그곳은 어떤 국가이며 대륙은 어디이고, 시간은 어떻게 되느냐?

국가, 대륙, 시간.

첫 질문이라 하기엔 특이한 것을 묻는다.

"여기는 대한민국입니다. 대륙은… 아시아이고, 시간은 서기 2013년 12월……."

ㅡ2013년이라 하였느냐?

"예."

ㅡ허어… 대륙력이나 제국력, 혹은 다른 율력을 쓰지는 않느냐?

"그런 것은… 없습니다. 없어요."

남자는 2013년이라는 사실에 적잖이 놀란듯했다.

대륙력, 제국력 같은 것은 아주 오래전의 이야기다.

대륙력이라는 것은 애초에 존재하지도 않았던 것이다.

ㅡ그래! 달이나 태양은 뜨느냐?

"예."

ㅡ밤에는 셋, 낮에는 둘이 아니더냐?

"밤에 하나, 낮에 하나입니다."

ㅡ확실한 것이냐?

"20년을 넘게 매일 보아왔던 일입니다. 그것보다! 전 이렇게 이제 죽는 건가요? 당신들은 누구고, 내게 무슨 일이 일어난 거죠?"

나는 남자의 궁금증을 충분히 풀어준 뒤, 다시 경계 섞인 목소리로 질문을 이었다.

남자의 대화가 장난이나 거짓일 것이라고는 생각하지 않았다.

세 개의 달, 두 개의 태양이라니.

비현실적이어도 이렇게 비현실적일 수는 없다.

나도 쉽게 수긍하고 믿을 수 있는 것은 아니었지만, 적어도 저 목소리의 주인공들은 나와 다른 세계에 살고 있는 것 같았다.

그 세계의 간극을 뛰어넘어 내게 무언가를 시도하고 말을 건다는 것을 '상식'으로 이해하려는 것은 무의미했다.

이런 일이 있을 수 있나? 하고 되묻는 것 역시 무의미했다.

나는 빠르게 현재의 상황을 받아들였다.

마치 오래전부터 계획되었던 일이 내게 일어난 것처럼.

이런 일이 일어났네 어쩌네 하면서 동네방네 이야기 하고 다녀봤자, 돌아오는 것은 '미친 놈' 소리에 딱 좋은 일이었다.

설령 이 모든 것이 지금 꿈을 꾸는 와중의 이야기들이라면, 꿈에서 깨어나면 그만이었다.

나는 당황한 표정을 지으면서도, 속으로는 냉정하고 빠르게 지금의 상황 속에 흡수되어가고 있었다.


이야기는 생각보다 길어졌다.

애초에 인적이 드문 산이었지만, 나는 더 산속의 깊숙한 곳으로 들어갔다.

대화를 나누기 위해서였다.

혹시라도 지나가던 사람이 허공에다가 대고 혼자 무언가

를 중얼거리는 내 모습을 본다면, 이상하게 생각할 수도 있으니까.

나는 그들의 질문에 가감 없이 대답해 주었다.

그리고 나 역시 궁금한 모든 것을 질문했다.

두 사람의 이름은 자르만과 일리시아.

자르만은 흑마법사이고, 일리시아는 백마법사라고 했다.

마법사.

영화나 소설 속에서만 보던 이름인줄 알았는데, 실제로 존재하는 모양이었다.

흑마법과 백마법을 간단히 이해하는 것은 어렵지 않았다.

자르만은 구구절절 마법의 역사를 읊었지만, 사실 그렇게 해서는 내 귀에 잘 들어오지 않았다.

흑과 백을 생각하면 일반적으로 떠오르는 이미지.

그것이 딱 내가 흑마법과 백마법을 이해한 이미지였다.

백마법은 플러스적인 요소들이 많고, 치유나 재생 혹은 보조의 역할로 생각하면 이해가 편했다. 흑마법의 경우는 마이너스적인 요소들이 많았다. 즉, 상처나 피해, 타락의 요소로 생각하면 편했다.

물론 두 계열의 마법 모두 누군가를 살상하거나 해를 입히는 데 사용되는 것은 똑같았다.

다만 특화된 부분이 그렇다는 것이다.

두 사람이 사는 세계는 확실히 나와는 달랐다.

빠르게 이해를 하자면 중세시대의 배경에 판타지적인 요소, 영화로 한다면 '반지의 제왕'이 가장 잘 어울리는 비유 대상이 될 것이다.

두 사람은 그중에서도 백마법과 흑마법에서 최고의 자리에 오른 사람이었다.

그것은 허풍도 아니었고, 거짓도 아니었다.

나는 그런 존재들에게 내가 선택되었다는 사실에 적잖이 놀랐다.

운이라고 할 수도 있겠지만, 어쨌든 선택된 것은 나였다.

그리고 이런 사실들이 어떤 필요에 의해서가 아니라, 그들의 '마법적인 호기심'의 종지부를 찍기 위함이라는 사실에 더더욱 놀랐다.

시종일관 나를 걱정하는 목소리였던 일리시아는 이야기가 끝나갈 무렵 이런 말을 건넸다.

─현성. 그래, 현성이라 했지. 우린 네가 죽는다고 해서 크게 손해 볼 것은 없단다. 단지 그동안 준비해 온 시간이 좀 더 길어지는 것뿐이지. 그러니까 말이야, 혹시라도 네가 우리를 상대로 협박을 한다거나, 협조하지 않겠다는 식으로 으름장을 놓는 일은 없길 바란다. 네가 사라진다면 우린 또 다른 '너'가 될 사람을 찾으면 그만이란다.

아주 잔잔하고도 차분한 목소리.

하지만 그 목소리 안에는 차가운 가시가 박혀 있었다.

내심 고자세로 나갈 생각이었던 내 판단에 제동을 거는 한 마디였다.

"제게 원하시는 게 뭐죠?"

―우리가 네게 건넨 능력을 알차게, 빠짐없이, 꼼꼼히 네가 사는 세상에서 쓰는 것. 그뿐이다. 어떤 마법이 더 쓰임새가 좋을지 궁금하단다.

모든 궁금증은 풀렸다.

복잡하게 생각할 것도 없었다.

내게 주어진 마나.

그리고 자르만에게서 배울 흑마법과 일리시아에게서 배울 백마법.

이것을 내가 사는 세상, 바로 지구에서 필요한 곳에 알맞게 쓰면 되는 것이다.

*　　　*　　　*

"마법도 안 되는 건 안 되는 모양이네. 그 세계에서도 연금술(鍊金術)은 풀리지 않는 답이구나."

현성은 잠이 들기 전, 우스갯소리로 자르만에게 말을 걸었었다.

그곳에서나 현실 세계에서나 가장 중요한 것.

금(金)을 만들어주는 마법은 없냐고.

당연히 없다고 했다.

수많은 연금술사들이 오늘도 화로에 불을 피워가며 다른 금속들을 금으로 만들려 하지만, 성공한 사람은 아무도 없다고 했다.

마법은 자연의 오대 요소들을 활용해 이용하는 것일 뿐, 그 본질은 바꿀 수 없다는 것이다.

현성은 아주 잠시나마 매일 쳇바퀴처럼 돌아가는 고된 일상에서 벗어나 쉽게 재물을 취할 수 있을 방법이 없을까 생각했지만, 역시 그건 기분 좋은 상상에서 끝날 일이었다.

수십 년을 준비해 온 작업을 끝냈다는 안도감 때문일까.

아직 생각을 정리할 것이 많은 현성보다 자르만 부부가 더 먼저 잠이 들었다.

현성은 집으로 돌아온 뒤, 자리에 누워 이런저런 생각에 잠겨 있는 중이었다.

당장에 서너 시간 잠깐 눈을 붙이고 나가야 하는 새벽 상하차 작업이 있었지만, 오늘 벌어진 놀라운 일들을 뒤로 하고 잠이 들기에는 너무나도 특별한 밤이었다.


'돈을 벌어야 해. 그리고 그놈들도… 반드시 끝을 내야만 해.'

시간은 흘렀지만, 기억은 변한 것이 없었다.

마법.

남들과 다를 것 없이 살아가던 현성의 삶에 찾아온 특별한 일이었다.

아직 마법이라는 것이 어느 정도까지 구현이 가능한 것이고, 자신이 얼마나 활용할 수 있을지에 대한 확신은 없었다.

하지만 적어도 지금까지 살아온 것보다는 더 다양하게, 그리고 더 확률 높게 많은 생각들을 현실로 만들어줄 가능성은 충분했다.

현성은 이제 더더욱 악착같이 돈을 벌 생각이었다.

돈은 모든 것에 힘을 실어준다.

악인에게는 악(惡)을, 선인에게는 선(善)을.

현성은 복수, 그 이상을 넘어 자신과 자신의 가족들에게 뼈저린 최악을 경험하게 해준 사회의 숨겨진 부조리들의 끝을 보고 싶었다.

그러기 위해서 돈은 많으면 많을수록 좋았다.

그것은 당연한 이치였다.

'조금만 더 참자. 놈들은 아직도 그 자리에 그대로 있으니까.'

현성은 기억 속에서 자주 보고 싶은 얼굴들을 다시 한 번 떠올렸다.

어머니를 잃고 슬퍼하는 자신을 보며 되려 비웃음 어린 시선으로 지켜보던 사채업자들.

여전히 티비나 인터넷 방송 매체를 통해 거짓 광고를 일삼고 수많은 사람들에게 헛된 희망을 심어주고 있는 다단계 판매업자들.

그리고 마음에도 없는 선행을 베풀며 이미지를 세탁하고 있지만, 아버지를 죽였다는 숨길래야 숨길 수 없는 사고를 저지른 바로 '그놈'.

모두 여전히 그대로였다.

＊    ＊    ＊

후욱―

"춥네."

입김이 절로 터져 나왔다.

12년 만의 한파라 했다.

길거리는 온통 빙판이었고, 하나 건너 하나로 넘어지는 사람들이 부기지수였다.

현성은 올 여름, 폐업 정리랍시고 물건을 풀어놓은 옷가게에서 단돈 2만원에 구입했던 패딩 지퍼를 걸어 잠궜다.

싼 게 비지떡이란 말도 있지만, 그래도 이 패딩은 쓸 만했다. 12년 만의 한파네 뭐네 해도 달리 추위가 크게 느껴지진 않았다. 옷으로 가려지지 않는 얼굴을 빼고는.

―그곳은 겨울이더냐?

"후우, 춥다, 추워."

―어허! 그곳은 겨울이냐고 내가 묻고 있지를 않느냐!

"쉿. 사람들이 곁에 있잖습니까. 허공에다가 대고 미친놈처럼 말할 수는 없어요."

언제부터 지켜보고 있었을까?

현성이 집을 나서자마자 몇 걸음을 채 걷지도 않았는데 자르만의 목소리가 들려왔다.

현성은 속삭이듯 중얼거렸다.

―허허……

자르만이 어이가 없는 듯 헛웃음을 흘렸다.

녀석은 당돌했다.

대륙에서 자르만의 이름만 들어도 지나가다 오줌을 질질 싸는 어린 아이들이 부지기수고, 하물며 마법사들도 자르만이라는 이름 하나에 주눅드는 것이 대륙 마법계였다.

물론 다른 세계에 살고 있는 이 녀석이 자신의 그런 명망과 지위를 알 리 없겠지만, 오히려 화를 내듯 자신에게 맞서니 신기한 생각이 들었다.

모두가 자신을 신처럼, 그리고 최고라고 떠받들어주는 것이 일상적인 이곳.

하지만 차원 너머의 청년에게 자신은 아직 인연의 끈을 덜 조여진, 이제 막 알게 되기 시작한 관계일 뿐인 듯했다.

현성은 그렇게 한참을 말없이 걸었다.

아직 해가 뜨려면 한참이 남은 새벽녘의 출근길이지만 사람들은 많았다.

아직 퇴근도 하지 않은 대리기사들, 자신처럼 새벽에 일을 하기 위해 출발하는 동종 업계 종사자들, 그리고 밤새 술판을 벌이다가 이제 겨우 집을 찾아 돌아가는 수많은 젊은이들.

각자 저마다 다른 이유를 갖고 돌아가거나 나가는 길.

현성은 무심히 사람들 사이를 슥슥 빠져나가서는 인적이 다소 드문 길목으로 들어섰다.

현성이 일하는 상하차 작업소는 버스로 가기에는 애매하게 가깝고, 걷기에는 애매하게 먼 곳이었다.

그래서 운동 삼을 겸 늘 걸으며 출근하던 터라, 다양한 루트를 통해 출근해 보곤 했었다.

지금 걷는 길은 그중에서도 가장 조용하고, 또 가장 가까운 지름길이었다.

더불어 허공에 미친놈처럼 몇 마디 속삭여도, 딱히 신경 쓰거나 관심가질 사람이 없을 만한 곳이기도 했다.

"말씀하셔도 됩니다. 죄송합니다. 제가 두 분의 목소리를 듣는 건 언제든 가능한데, 말씀을 드리려면 이렇게 허공에 대고 말을 해야 해서 말이죠."

─사념(思念)만으로 대화를 할 수 있도록 안배할 수 있는 경지였다면, 난 일찌감치 신이 되었을 게다. 기술의 한계지,

끌끌끌.

자르만도 그런 현성의 입장을 이해한 듯 웃음을 흘렸다.

현성이 속으로 생각하는 것만으로 자신과 대화할 수 있었다면, 그것은 생각을 읽을 수 있을 정도의 기술을 가졌다는 것이다.

그것은 드래곤들에게는 가능한 일이지만, 아직 인간 마법사인 자신에게는 불가능한 일이었다. 아마 앞으로도 불가능할 가능성이 높았다. 드래곤 하트를 자신의 심장에 이식하여 넣지 않는 이상은.

"저는 이렇게 살고 있습니다, 스승님. 아침에는 택배, 음…… 짐꾼처럼 짐을 옮기는 일을 하고 저녁에는 술집에서 일을 합니다. 손님에게 술을 가져다주는 일이지요."

현성이 적절하게 택배의 대체 단어를 생각해냈다.

당연한 생각이었다.

2013년 대한민국과는 전혀 다를 차원 너머의 세계에 택배가 있을 가능성보다는 없을 가능성이 더 높았기 때문이다.

—스승님이라 하였느냐?

"예, 스승님이지요. 자의든 타의든 제게 가르침을 주셨고, 앞으로도 제게 가르침을 주실 게 아닙니까? 그러면 당연히 스승님으로 모셔야지요."

현성이 넌지시 흘린 단어, 스승님.

자르만은 스치듯 귓가에 들린 단어에 민감하게 반응했다.

스승님.

어떻게 보면 매끄럽지는 못했던 첫 만남 때문에 자신에게 충분히 반감이나 이질감을 가질 법도 했지만, 차원 너머의 청년은 어느 정도 생각을 정리한 듯 자신을 거리낌 없이 스승님이라 불렀다.

느낌이 오묘했다.

지금도 마법 아카데미 안의 수많은 후배들에게 교수님, 스승님, 학장님과 같은 소리를 듣는 자르만이지만 이것은 전혀 다른 기분이었다.

차원 너머의 누군가에게서 스승님이라는 소리를 들은 사람은 아마 자신이 처음일 것이다.

현성은 자르만과 일리시아에게 더 가깝게, 더 빠르게 다가가는 것을 목표로 하기로 했다.

절대 평범하지 않은 인연.

어쩌면 2013년 지금의 지구를 살고 있는 사람 중, 다른 차원의 사람과 유일하게 대화를 하고 있을지도 사람이 바로 자신이었다.

자동으로 익혀진 그들의 언어 덕분에 의사소통의 문제도 없다.

그리고 그들은 마법사였다.

이 세계에는 존재하지 않는 새로운 것을 알려줄 수 있는 사람들인 것이다.

잠이 들기 전, 그리고 잠에서 깨어난 이후로 어느 정도 1차적으로 생각을 정리한 현성은 자연스럽게 자르만을 스승님이라 불렀다.

또 실제로도 현성은 자르만과 일리시아에게서 많은 가르침을 받고 싶은 생각도 있었다.

돈이라는 가장 현실적인 문제로 고민하고 일해야 할 필요가 없다면, 지금 당장에라도 배움을 받고 싶을 정도였다.

─후후, 나쁘지는 않구나.

"앞으로 잘 부탁드립니다, 스승님."

─지켜보도록 해야겠지, 끌끌끌. 해보고 싶은 것도 많고, 궁금한 것도 많으니.

"예."

현성은 속내와 달리 서두르지는 않았다.


'제게 원하시는 게 뭐죠?'

─우리가 네게 건넨 능력을 알차게, 빠짐없이, 꼼꼼히 네가 사는 세상에서 쓰는 것. 그뿐이다. 어떤 마법이 더 쓰임새가 좋을지 궁금하단다.


어제의 대화가 현성의 기억 속에는 선명했다.

우리가 건넨 능력이라지 않는가.

그러니 쓰임새를 보려면 어쨌든 현성에게 알려주지 않으

면 안 되는 것이다.

칼자루는 자신이 쥐고 있는 셈이었다.

'나는 내 할 일 하면 되겠지!'

급할 건 없었다.

현성은 다시 한 번 옷깃을 여미고 작업소로 향했다.

혹시나 자르만이 몇 마디 더 말을 건네지 않을까 했지만, 그 뒤로 말은 없었다.

다만 느낌은 있었다.

조용히 어딘가에서 자신을 지켜보고 있는 것 같은 느낌.

보이진 않아도 현성은 짐작할 수 있었다.

두 명의 스승이 자신을 언제 어디서든 지켜보고 있을 것이라는 것을.

\*　　　\*　　　\*

현성은 묵묵히 일에 전념했다.

자르만과 일리시아에게 마법을 알려 달라 보채지도, 먼저 말을 걸지도 않았다.

새벽부터 시작한 상차와 하차 작업은 오후 다섯 시 정도가 되어서야 끝이 났다.

녹초가 된 다른 동료들은 지친 몸을 달래기 위해 한잔하러 떠났지만, 현성은 동료들의 제안을 에둘러 사양하고는 집으로 향했다.

꽤 오래된 일이었다.

버는 것은 참 어려운 돈이지만, 쓰기는 그 무엇보다 쉽다.

창업을 하겠다는 꿈과 목표를 가지고 꾸준히 돈을 모아왔던 현성에게 있어서는 아무 생각 없이 먹는 술 한 잔, 안주 한 접시도 아까웠다.

여유가 있다면 빡빡하게 살고 싶지 않은 그였지만, 지금은 충분히 허리띠를 졸라맬 이유가 있었다.

"후우."

출근길만큼이나 퇴근길도 추웠다.

예년보다 일찍 찾아온 한파는 며칠을 더 계속 될 거라 했다.

꽁꽁 얼어붙은 방에서 잠을 잘 수는 없으니 보일러는 틀어야 할 터. 현성은 괜시리 봄이 그리워졌다.

—추운 모양이구나.

그때.

일리시아의 목소리가 들려왔다.

중후하고 냉랭한 톤의 자르만과 달리 아주 온화하고 따뜻한 목소리였다.

중년 여성의 목소리에 약간의 고귀함과 도도함이 더해진 느낌이랄까. 평범하게 치부하기에는 또 묘한 매력이 있는 목소리였다.

"그곳에도 겨울이 있지 않습니까?"

—있지만 그렇게 두꺼운 옷자락을 여미고 다닐 만큼은 아니지. 신기한 옷이로구나. 모피도 아닌 듯하고…….

"패딩이라고 합니다. 적당히 몸을 두를 외투를 만든 다음에 그 안에다가 오리나 거위털을 채워 넣은 것이죠."

—호오, 좋은 발상이구나. 따뜻하겠어.

"그래서 이렇게 입고 다니고 있죠. 잠시만요."

어느새 도착한 집.

현성은 익숙한 손놀림으로 입구의 철문과 집문, 그렇게 두 개의 문을 열고는 집안으로 들어섰다.

후우욱—

입김이 나는 것은 밖이나 집 안이나 다를 게 없었다.

정신력이 좋은 현성도 이런 냉방에서 견디는 것은 쉽지 않았다. 하지만 막상 보일러를 틀자니, 그 돈이 아까웠다.

엄청 많은 돈이 들어가는 것은 아니지만 하루, 일주일, 한 달이 되면 난방비도 생각보다 많이 나가는 것이 사실이었다.

"……."

곰곰이 생각에 잠겨 있기를 몇 분.

현성은 서랍 위에 가지런히 개어 놓은 이불 너댓 개를 한번에 꺼내서는 바닥에 깔았다.

그리고 그 위에 몸을 눕혔다.

이렇게 하면 방 안의 공기는 추워도, 몸을 눕히고 충분히 쉴 만은 했기 때문이다.

―흐음.

그때, 고민에 살짝 잠긴 듯한 일리시아의 목소리가 들려왔다.

그리고 십여 초 정도가 지났을까?

일리시아가 말을 이어나갔다.

―아주 간단하게 따뜻해질 방법이 있는데. 충분히 유용하게 써먹을 수 있을 만한 방법. 그러면서도 아주 쉬운 방법 말이야.

왔구나.

현성은 속으로 생각했다.

"어떤 좋은 방법이 있습니까, 스승님?"

―파이어 볼이라는 마법이 있단다. 백마법과 흑마법 구분할 것 없이 통용되는 마법이지. 원래는 공격용 마법으로 쓰이지만 캐스팅 단계에서 시전만 하지 않고 소멸시켜 버리면, 좋은 열원(熱源)으로 쓸 수 있지.

"굳이 비유하자면 횃불을 들고 있는 것과 비슷하겠군요."

―그렇지.

일리시아의 설명을 현성은 빠르게 이해했다.

일리시아가 원했던 설명의 의도도 그러했다.

"나무 같은 것을 태울 때처럼 나오는 그을림 같은 것은 없나요?"

─호호호, 마법에 그런 것은 없어. 순수한 자연의 마나를 태워 만드는 것일 뿐이고, 자연 속에서 온 모든 것은 자연 속으로 돌아갈 뿐이야. 자, 두 눈을 감고 손가락 끝에 새빨간 불꽃을 만드는 것을 상상해 봐. 그러면 거짓말처럼 기억이 날 거야. 마치 방금 전에 마법을 만들어냈던 것처럼.

현성은 망설일 것 없이 바로 상상에 잠겼다.

"······!"

바로 그때.

정말 거짓말처럼 기억이 났다.

그 이미지 속의 주인공은 자신이 아니었지만, 장면은 선명했다.

체내에서 마나가 빠르게 순환하고, 탄력을 받은 마나의 힘이 손끝에 실린 뒤, 아주 가볍게 발화하며 붉은 구체로 변하는 것을.

여기서 목표를 향해 힘을 조절하여 던지지만 않는다면, 즉 다시 말해 캐스팅 단계로만 멈춰 있다면 일리시아의 말대로 열기를 온전히 머금고 있을 수 있는 것이다.·

현성은 이미지로 머릿속에 남아 있는 기억을 그대로 행동을 옮겼다.

그리고.

파앗!

"됐어!"

손끝에 생겨난 것은 두 눈으로 보고도 믿기 힘든 붉은 구체, 파이어 볼이 만들어낸 원형의 구체였다.

실체였다.

거짓이 아닌 사실로 눈앞에 나타난 마법인 것이다.

―이제 시작이야. 잘 생긴 제자야, 신나게 백마법을 배워보자꾸나. 그 위대함을 알 수 있게 될 거야.

―후후, 시작해 보자꾸나.

어느새 자르만의 목소리도 들려왔다.

현성은 손끝에 만들어진 화염 구체를 한참을 신기하게 바라보기만 했다.

정말이었다.

방금 전까지만 해도 이 모든 것이 전부 꿈이거나 환각, 환청을 듣고 있는 것은 아닐까… 했던 것들은 전부 걱정일 뿐이었다.

차원을 넘어 찾아온 인연.

그리고 그들의 마법은 자신에게 현실이었던 것이다!

3장
생활의 달인

마법에 첫걸음마를 떼게 된 현성이지만, 그렇다고 일상에 대격변이 온 것은 아니었다.

일상은 그대로였다.

새벽부터 오후까지는 상하차, 저녁 시간에는 술집에서의 일이었다.

하루에 두 개의 일을 하고 퇴근하면 저녁 11시 무렵.

대충 씻는 둥 마는 둥 하고 겨우 네 시간 정도만 눈을 붙이고는 다시 일어나는 일상이었다.

한창 혈기왕성할 나이의 현성이긴 해도, 이런 강행군은 분명 무리가 있었다.

때문에 현성은 유일한 휴일인 일요일에는 하루 종일 시체마냥 이불 위에 누워 잠만 자곤 했다. 그래야 돌아오는 주간에 다시 일할 힘이 생기기 때문이다.

그 와중에도 마법을 틈틈이 익혀두는 것은 잊지 않았다.

특히나 추운 겨울, 파이어 볼 마법은 정말 신의 한 수라고 해도 무방할 정도로 자신에게 너무 도움이 되는 마법이었다.

주변의 시선을 신경 쓰지 않을 수는 없기에 지금은 집 안이나 인적이 드문 곳에서 시험 삼아 해보는 수준이지만, 그것으로도 충분했다.

그래서 달리 난방이 필요 없었다.

바깥의 냉기와 내부의 열기가 빠져나가지 않도록 문을 확실히 걸어 잠근 뒤, 현성은 일리시아에게 배운 대로 파이어 볼을 캐스팅 단계에서 중단시킨 채로 유지시켰다.

그렇게 하면 방 안에는 금세 훈기가 돌았다.

난방을 따로 할 필요가 없다는 경제적인 부분에서의 이득도 있었지만, 그것보다 더 즐거운 것은 '마법' 자체의 신선한 충격이었다.

물론 현성은 신선한 충격에 감탄만 하지는 않았다.

지금의 자신에게 좀 더 도움이 될 만한, 그리고 아주 유용할 만한 마법을 더 배우고 싶었던 것이다.

"스승님, 계십니까?"

현성이 말을 걸었다.

일요일 새벽이었다.

쉬는 날.

예전 같았으면 쓰러져 잠이 들었을 시간이지만, 오늘은 웬일인지 잠이 통 오질 않았다.

오히려 온전한 휴일로 주어지는 하루에 마법을 하나 더 배우고 싶은 생각이 간절했다.

─일리시아는 잠시 자리를 비웠느니라. 며칠간 학회 일정 때문에 바쁠 것이야, 끌끌끌.

들려온 목소리는 자르만의 것이었다.

날카롭기는 해도 평소엔 온화한 엄마의 목소리를 듣는 듯한 일리시아와는 달리, 자르만의 목소리는 사악함이 잔뜩 묻어나는… 짓궂은 느낌의 목소리였다.

현성이 파악한 자르만은 자기 스스로를 위엄 있고 많은 사람들의 추앙을 받는 대마법사로 포장하고 싶어 하지만, 실제로는 허당인 그런 느낌이었다.

자르만은 품위나 체통보다는 오히려 장난기가 많고 능청스러운 그런 사람이었다. 권위적인 척하려 하지만, 대화를 나눠보면 나눠볼수록 나이나 생각의 차이에 대해서 상당히 오픈 마인드를 가진 사람이었다.

비유할 만한 문장을 찾아본다면 '생긴건 이래보여도 마음은 착하답니다' 같은 느낌이랄까.

딱 그러했다.

"스승님."

─자꾸 왜 부르느냐, 이놈아. 용건을 말하거라. 배울 게 있으면 일리시아가 없을 때 실컷 배워두어야 하지 않겠느냐. 흑마법의 오의는 수백 년을 익혀도 그 끝을 알 수 없는 법. 시간이 부족하다!

"제가 좀 더 마법 수련에 매진하기 위해서는 지금보다 더지치지 않을 수 있는 체력이 필요합니다."

─그래서?

"치유 능력이 있는 마법은 없는 것입니까? 회복과 관련된마법은 당연히 있을 것 같은데요."

─물론이지. 힐을 빼놓고 마법을 논할 수 있겠느냐? 당연히 존재한다.

"배우고 싶습니다."

─끌끌끌. 고된 하루의 일과를 보아하니, 가장 큰 필요성을느꼈겠구나.

"예, 스승님."

자신의 일거수일투족을 지켜보았을 자르만이다.

서로 사는 환경과 일상은 달라도, 하루의 8할 이상을 일에만 전념하는 현성의 하루가 평범해 보일 리 없었다.

자르만도 먼저 운을 떼지만 않았을 뿐, 현성이 이런 요구를해올 것이라는 것은 미리 알고 있었다.

물론, 그래서 준비는 다 끝나 있는 상황이었다.

―원하느냐?

"예, 스승님."

―얼마나 원하느냐?

"…스승님."

여자 친구가 남자 친구에게 '날 얼마나 사랑해?' 하고 묻듯, 자르만은 농염한 듯하면서도 걸걸한 목소리로 현성의 흑마법에 대한 애정(?)을 확인하고자 하였다.

현성은 자신도 모르게 피식 웃음을 터뜨리려다, 입술을 꽉 깨물고는 무표정하게 허공을 응시했다.

자르만은 아마 허공 어디에선가 자신을 차원의 통로를 통해 지켜보고 있을 터였다.

―끌끌끌! 일리시아가 소싯적에 내게 자주하던 말이었지. 꼭 그래야만 밤일을 치를 수가 있었거든! 으하! 그때가 언제인가. 지금은 다 주름기 가득한 노인네가 다 되었으니 말이야. 그러게 흑마법을 배웠으면 여러 방법으로 동안(童顔)을 얻을 수 있거늘…….

"스승님?"

갑자기 삼천포로 빠지는 자르만의 대화에 현성이 다시 한 번 주의를 환기시켰다.

자르만은 저것이 장점이자 단점이었다.

심각하거나 위태로운 상황도 여유로이 받아들일 수 있는 성격이지만, 반대로 집중해야 할 상황에 그렇지 못한 성격이기도 했다.

　물론 지금 그런 자르만의 성격이 중요한 것은 아니었다.

　현성은 오히려 자르만의 저런 능청스러움이 지금 사제지간 사이에 존재하는 묘한 주도권 다툼의 추가 스승인 자르만에게로 넘어가고 있는 것이 아닐까 하는 생각을 했다.

　밀고 당기기.

　그 단어가 딱 적합해 보였다.

　─흑마법에서 추구하는 치유는 백마법과는 조금 다르다. 백마법은 체내에 존재하는 고통의 요소들을 걷어내는 것에 집중한다. 상처가 있으면 아물게 하고, 체내에 독소가 존재한다면 이것을 걷어내는 것에 주력하지.

　"그렇다면 말 그대로 치유, 그러니까 치료에 가까운 것이라 할 수 있겠군요."

　─맥을 잘 짚었다. 하지만 흑마법은 조금 다르다.

　"어떻게 다릅니까, 스승님?"

　─백마법의 치유가 즉각적이고 가시적인 것이라면, 흑마법의 치유는 단계적이면서 비가시적이다.

　단계적이면서 비가시적이다.

　현성은 이해가 잘 가지 않았다.

　그런 현성의 눈빛을 바로 읽었는지, 자르만이 이어서 설명을 해 나갔다.

　─쉽게 말하자면 백마법의 힐은 시전함과 동시에 상처를

점점 아물게 한다. 하지만 나중에 그 자리에 다시 상처가 나는 것을 막을 수는 없지. 하나 흑마법의 힐은 조금 다르다. 시전과 동시에 상처를 치료하지는 못한다. 그 대신 상처가 난 자리에 다시 상처가 날 만한 상황이 생겼을 때, 몸이 더 강하게 반응하도록 저항의 기운을 심어 놓는다.

"그러니까… 상처가 난 자리를 강화… 한다는 것입니까?"

백마법의 힐과는 달리, 흑마법의 힐에 대한 설명은 현성도 단번에 이해가 가지는 않았다.

—예를 들어 극심한 배탈이 났다고 가정을 해보자. 백마법은 체내에 존재하는 배탈의 요소들을 순화시켜 몸의 안정을 꾀한다. 하지만 그것은 일회성이고, 다시 배탈의 요소들이 들어오게 되면 같은 일의 반복이지.

"흑마법은 백마법과는 달리, 배탈이 난 것과 연관된 소화기관이나 체내의 강화가 목적이라는 것입니까?"

—바로 그것이다. 그래서 단계적이고 비가시적이다. 단번에 상처가 아무는 효과를 볼 수는 없지만, 시간이 지났을 때 효과가 좋은 것은 흑마법이지.

아주 단순한 '치유'의 문제라고만 생각했는데, 자르만과 대화를 나누고 나니 전혀 달랐다.

신선한 충격이면서도 기분 좋은 복잡함이었다.

"가르쳐 주십시오."

—어려울 것 없지. 다만 명심하거라. 백마법의 힐과 달리,

흑마법의 힐은 몸이 이상 신호를 느꼈을 때 꾸준히 시전을 해주는 것이 중요하다. 비유하자면 목이 마를 때 물을 마시고, 졸음이 밀려올 때 잠을 자듯이 말이지.

"예!"

현성이 자세를 고쳐 잡았다.

별다른 이야기가 없는 것으로 보아서는 방 안에서도 충분히 시도해볼 수 있는 것 같아보였다.

─체내의 마나를 순환시키거라.

"예."

자르만이 낮은 목소리로 진중하게 말을 잇자, 현성도 두 눈을 감은 채로 자르만의 말에 집중했다.

마나의 순환은 어렵지 않았다.

이것은 현성이 별도의 체득 과정을 거치지 않고, 자르만과 일리시아로부터 능력을 전수받으면서 얻게 된 것이었다.

상당수의 능력이 그러했다.

물론 깨닫고 발전시키는 것은 전적으로 본인의 몫이었다.

그래서 수련을 게을리 할 수 없는 것이기도 했다.

샤아아아─

시간이 흐르자 현성의 몸 전체에 무형의 기운이 스멀스멀 피어올랐다.

체내의 마나가 원활하게 몸 전체를 돌고 있다는 증거였다.

─파이어 볼이 불꽃을 상상하며 만들어낸 마법이라면, 힐

은 네 몸에서 스스로 문제를 느끼는 부분을 마나의 기운이 스며들어가 치유된다는 연상을 하면 될 것이다. 그것이 몸의 어떠한 특정 부분이라면 그 부분을, 전체라면 전체를 연상하면 될 것이다.

"……"

현성은 대답 대신 모든 정신을 자르만의 말을 따르는데 집중했다.

엄밀히 말하자면 녹초가 된 몸 전체가 피로했다.

현성은 자신의 몸을 둘러싼 마나의 기운이 몸 전체에 자연스럽게 스며드는 상상에 잠겼다.

팟— 파팟—

스물스물— 스물스물—

그 순간 온몸의 피부 그리고 털끝에서 따끔함과 동시에 간지럼이 일었다.

마치 보드라운 깃털로 몸 전체를 부비적거리는 느낌이었다.

그리고.

샤아아앗!

일순간 전신에 격렬한 떨림이 일더니 마나의 기운이 몸속으로 사라졌다.

"음……!"

현성은 자신도 모르게 신음을 터뜨렸다.

동시에 전신에 감도는 묘한 느낌에 고개를 갸웃거렸다.

확 달라졌다! 라고 말할 정도까지는 아니었지만, 몸 이곳저곳에 가득하던 쑤신 기운이 사라진 느낌이 분명 났던 것이다.

본인은 느낄 수 있는 변화였다.

ㅡ끌끌, 눈빛을 보아하니 꽤나 신기해하는 것 같군. 하지만 이런 걸로 신기해 하기에는 네가 알아야 할 것이 너무나도 많다. 지금 이렇게 놀라서는 나중에는 아주 기절하다못해 까무러치겠구만!

자르만은 기분이 좋은 듯 능글맞은 웃음을 터뜨렸다.

현성은 부정하지 않았다.

신기한 변화였다.

그 후로도 현성은 몇 분에서 몇 십분 간격으로 계속해서 힐 마법을 시전했다.

자르만은 백마법사들의 힐과 구분하기 위해서 흑마법사들의 힐을 블랙 힐(Black Heal)이라 부른다고 했다.

구현 방식이나 과정은 같지만 추구하는 효과, 그리고 파생된 마법계가 다르기 때문이라는 것이다.

일리시아가 돌아오면 그녀에게서도 힐을 배울 생각이었기 때문에 현성은 자르만이 가르쳐 준대로 자신 역시 블랙 힐이라 부르기로 했다.

현성은 하루 종일 블랙 힐에 탐닉했다.

자르만의 말처럼 가시적인 변화가 확연히 드러나는 것은

아니었지만, 계속해서 블랙 힐의 기운을 중첩시킬 때마다 회복 속도가 빨라지는 몸을 느낄 수 있었다.

현성은 좀 더 변화를 체감해볼 수 있도록 의도적으로 계속해서 팔굽혀펴기와 윗몸일으키기를 했다.

계속된 운동으로 다져진 몸은 이삼백 개쯤은 거뜬히 버틸 수 있었지만, 연속 동작으로 천 단위를 넘어가는 정도는 여전히 자신에게는 무리였다.

예상했던 대로 사백 개 정도를 코앞에 둔 상황에서 항상 고비가 왔다.

그때마다 현성은 블랙 힐을 시전했다.

그리고 잠시간의 휴식.

다시 반복.

이런 과정을 계속 반복하다보니 마의 구간처럼 느껴지던 사백 개를 어느새 훌쩍 뛰어넘었다.

블랙 힐의 본질, 즉 저항과 강화가 계속해서 이루어진 것이다.

덕분에 복부와 삼두의 근육이 좀 더 오래 하중을 견뎌낼 수 있도록 강해졌고, 현성은 두말할 나위도 없이 그 효과를 체험하고 있었다.

─더 궁금한 것이 있느냐?

무아지경에 빠져 계속 운동과 마법 시전을 반복하고 있는 현성을 보며, 자르만은 호기심 어린 눈빛으로 양피지 위에 현성의 모습과 변화를 적었다.

이미 수련에 집중하기 시작한 제자는 자신의 말이 들리지도 않는 듯, 계속해서 바쁘게 움직이고 있었다.


그렇게 시간은 1주일이 흘렀다.

현성은 '틈 날 때마다' 라는 말이 잘 어울릴 정도로 계속해서 몸을 괴롭히고, 그때마다 블랙 힐을 시전했다.

'지옥' 이라는 말에 딱 들어맞는 택배 상하차 작업은 현성에게는 오히려 블랙 힐의 효험을 톡톡히 볼 수 있는 좋은 기회였다.

바쁘게 무거운 짐들을 옮기고 분배하고 나면, 목부터 시작해서 어깨와 등으로 내려오는 통증은 늘 있던 일이었다.

그것은 운동으로 아무리 다져진 몸이라도 항상 달고 살았던 고통이기도 했다.

그런데!

확실히 효과가 있었다.

쌩쌩하게 시작하는 새벽과 아침.

그리고 점심시간을 지날 무렵이면 늘 찾아오던 통증들이 점점 사라져 갔던 것이다.

이윽고 1주일의 끝에 이를 무렵에는 하루 종일 부지런히 일하고 움직이고도 전혀 몸에 이상을 느끼지 않을 정도까지 오게 되었다.

엄청난 변화였다.

이것은 자르만도 예상하지 못했던 것이었다.

애초에 마법과 그 효과와는 무관한 삶을 살아왔던 다른 차원의 사람이기 때문일까?

자르만이 생각했던 것의 네 곱절 이상으로 현성에게 적용되는 블랙 힐의 효과가 상당했다.

가장 몸으로 확실히 느끼는 것은 당연히 현성이었다.

새벽 다섯 시부터 시작해 밤 열한 시가 되어야 끝나는 고된 일과도 이제는 아무렇지 않았다.

마치 마약을 먹은 사람처럼… 몸은 쌩쌩했다.

눈이 저절로 감기는 것만 제외한다면, 잠을 자지 않아도 될 것 같은 느낌이었다.

그러다보니 호프집 일보다 더 고되게 느껴졌던 상하차 작업은 이제 현성에게는 아무렇지 않은 일이 되었다.

그저 헬스장을 나가 헬스를 하듯, 부족한 몸의 근력을 키우는 운동처럼 되어버렸다.

그 무겁던 음식물이나 책 포장 상자들도 이제는 가벼운 몇몇 개의 짐들 중 하나일 뿐이었다.


\*　　　\*　　　\*


"주문하신 후라이드 치킨이랑 맥주 두 잔 나왔어요. 맛있게 드세요."

"저기 죄송하지만… 번호 좀 받을 수 있을까요? 아까부터 너무 예뻐서 계속 쳐다보기만 했는데……."

"네? 네에……."

규모가 좀 되는 술집이면 어렵지 않게 볼 수 있는 풍경.

예쁘게 생긴 여자 아르바이트생의 서빙과 그때마다 간절한 눈빛으로 번호를 부탁하는 늑대 같은 남자들의 대화.

매일 봐왔던 풍경이었다.

"현성아, 쟤가 일주일만에 우리보다 이삼십 씩이나 더 가져간 건 알고 있냐? 역시 사람은 예쁘고 봐야 돼… 남자는 잘생겨야 하고. 이거 서러워서 살겠나."

현성의 옆에 앉아 있던 동료 상화가 투덜거렸다.

나이는 현성과 동갑이지만, 탁월한(?) 노안 덕분에 벌써부터 동갑내기 손님들에게 '삼촌' 소리를 듣는 불쌍한 친구였다.

그래도 현성에게 있어 상화는 좋은 친구였다.

친구이면서 동시에 좋은 롤모델이기도 했다.

열 살 때부터 부모님을 여의고 여동생과 단 둘이 살아왔다는 상화는 정말 악착같은 녀석이었다.

외모 때문에 잘생겼다는 말을 듣는 일은 없어도, 타고난 능청스러움과 익살 덕분에 재밌다는 이야기는 많이 듣는 친구였다.

성격도 긍정적이고 매사에 성실한 그런 친구였다.

"하는 만큼 벌어가는 것 아니겠냐. 예쁘게 태어난 것이 잘 못은 아니잖아?"

"그렇긴 하지만 그래도 임마… 이런 인센티브가 있다는 게 문제라니까. 전담 테이블에서 예상 매출 이상 나오면 인센티 브를 주는 게… 당연히 저렇게 예쁘면 얼굴 한 번이라도 더 보고 싶어서 안주든 뭐든 시킬 거 아냐."

상화가 툴툴거렸다.

그의 말대로 현성이 일하고 있는 이 호프집은 매장 직원들 의 집중과 노력을 극대화하기 위해 별도의 인센티브 시스템 을 마련해놓고 있었다.

각 직원들에게 전담 테이블을 주는데, 테이블에서 1인당 예상되는 기대 수입을 정해놓고 그 합계에서 넘어가게 되는 경우 추가 수입의 15%를 월급에 포함해주었던 것이다.

이 시스템의 혜택을 가장 크게 보는 것은 역시 예쁜 여자 직원이었다.

남자 직원들 중에서는 그래도 현성이 가장 많은 추가 소득 을 올리고는 있었지만, '얼굴 하나만으로' 매주 십에서 이십 만 원 이상의 추가 수입을 챙기고 있는 여자 직원들만 하지는 못했다.

오래전부터 생각해둔 창업을 위해서는 더욱 자신을 채찍 질해서 돈을 모을 필요가 있었다.

그렇다면 십, 아니 만 원도 아쉬운 것이 지금이었다.

돈은 많을수록 좋고, 많이 벌 수 있는 방법이 있다면 당연히 시도를 해보아야만 했다.

"흐음……."

현성은 직원 대기석에 앉아 남자 손님들로 바글바글한 여자 알바생의 전담 테이블을 보며 생각에 잠겼다.

그간 일해 오면서 느끼는 것은 이 술집은 남자 손님도 많지만, 생각 이상으로 여자 손님도 많다는 것이었다.

한 번 왔던 남자 손님이 예쁜 여자 알바를 보러 오듯, 여자 손님은 잘생기고 멋진 남자 알바를 보러오기도 한다.

그것이 요즘에 흔하디흔한 외모 마케팅이기도 했다.

현성은 마법 속에서 찾을 수 있는 좋은 방법이 없을까 생각했다.

자신의 외모를 좀 더 멋지게 보이게 해줄, 그래서 여자 손님으로부터 지금보다 더 많은 호감을 이끌어낼 수 있는 방법이 없을지 궁금했던 것이다.

\* \* \*

─아랫도리가 쓸 만한가 보구나. 끌끌! 음허허, 그리고 보니 네 놈의 물건을 보지는 못하였구나. 쓸 만할 정도로 길고 굵더냐?

"예?"

—지금 네가 말하는 건 '매혹' 마법을 알려달라는 것이 아니냐. 매혹 마법을 쓴다면 어디에 쓰겠느냐? 예쁘장하게 생긴 것들 홀려다가 번갯불에 콩 구워먹듯 일을 치르려는 것이 아니냔 말이다! 끌끌끌끌! 껄껄껄껄!

"아니, 그게 스승님……."

—허어, 됐다! 다 아느니라! 나도 소싯적에 매혹 마법으로 재미를 본 적이 있지. 음클클!

현성은 퇴근하자마자 자르만을 찾았다.

그리고 물었다.

사람을 유혹하거나 혹은 상대에게 호감을 느끼게 만들법한 마법은 존재하지 않는지.

그러자 돌아온 자르만의 반응이 저것이었다.

졸지에 여자를 홀려 어떻게 해보려는 색마처럼 되어버렸지만, 그것도 그것대로 나쁘지는 않겠다고 생각했다.

다만 여자의 몸을 마음대로 겁탈하거나 함부로 다루는 그런 상상은 하고 싶지도, 할 생각도 없었다.

현성이 원하는 것은 자신 또는 자신의 무언가에 호감을 느끼게 할 만한 마법이 있는가 하는 것이었다.

"그 대상이 제가 아니어도 괜찮습니다. 사실은……."

현성은 솔직하게 모든 생각을 오픈했다.

현성이 얻고 싶은 결과물은 손님들이 자신들에게 호감을 느껴 더 많은 주문을 하고 방문을 하거나, 또는 자신이 내어가는 맥주나 안주 따위에 마법을 이용해 맛과 묘한 중독성을 첨가하는 그런 것이었다.

자르만은 현성의 원하는 부분을 조용히 듣고 나서는 마치 기다렸다는 듯이 답을 꺼냈다.

─둘 다 모두 가능하다. 그리고 그 답은 일리시아가 아닌 나밖에 줄 수 없지. 카운트 1이다. 끌끌끌, 내가 앞서 나가는구나.

"예?"

─마법은 흑과 백이 함께 공존하는 것도 있지만, 그렇지 않은 것도 있다. 매혹 마법은 흑마법에서 밖에 얻을 수 없는 능력이지. 네가 사는 세상에서 어떤 마법이 더 쓰임새가 있을지 일리시아와 내기를 했다고 하지 않았느냐. 이걸로 내가 첫 번째 카운트를 얻은 셈이지.

"그럼 더 자세하게 가르쳐주실 수 있겠군요. 그렇지요, 스승님? 일리시아 스승님보다 더 자세히… 말이죠."

현성이 속삭이듯, 능글맞은 목소리로 자르만에게 물었다.

그러자 자르만이 기분 좋은 듯, 껄껄 하고 너털웃음을 흘렸다.

─물론이지! 다만 이건 혼자서 결과물을 볼 수 있는 것이 아니다. 매혹이라는 것 자체가 상대가 존재하는 마법이기 때

문이지.

"알고 있습니다."

—일단은 몸에 익혀보자꾸나. 그리고 그 다음에 결과물을 볼 법한 좋은 방법을 찾아보자꾸나.

"예, 스승님. 아낌없이 알려주십시오."

—끌끌끌. 마지막 한 방울까지 짜내어주마.

현성은 입고 있던 옷을 편하게 갈아입고는 준비에 들어갔다.

하루 종일 쉬는 시간 없이 일하고 돌아온 상태였지만, 몸은 멀쩡했다.

피곤하지도 않았다.

현성은 자르만이 준비를 마치기 전, 막간의 시간을 이용해 또다시 블랙 힐을 시전해 두는 것을 잊지 않았다.

치유 마법과 더불어 항상 꾸준히 근력 운동을 병행하니, 몸이 좋아지는 것에도 가속이 붙는 느낌이었다.


매혹 마법의 체득 과정은 생각보다 단순했다.

아주 연한 보랏빛을 띠는 마나의 기운을 왼손 또는 오른손, 자신이 편한 손에 캐스팅한다.

이것은 시전자인 자신도 집중해서 봐야 할 정도로 잘 보이지 않는 기운이기 때문에 타인의 눈에 띄일 일은 적다고 했다.

여기서 두 가지로 시전 형태가 나뉘게 된다.

첫 번째 형태는 사람에게 시전을 하게 되면 매혹 마법에 피격당한 상대는 시전자에게 묘한 호감을 갖게 된다.

이 호감의 정도는 시전자의 클래스, 그리고 마법 구현에 사용한 마나의 총량에 따라 달라지게 된다고 했다.

자르만은 현재 현성이 보유하고 있는 마나 홀의 크기와 그 총량을 생각하면, 첫눈에 반할 정도는 아니더라도 첫인상에 깊은 호감을 느낄 정도의 매혹을 이끌어낼 수 있다고 했다.

물론 매혹 마법이 만능은 아니었다.

그 효과는 반감기를 거쳐 점점 줄어들게 되고, 그 사이에 호감을 더 키워놓을 만한 행동이나 노력을 하지 않는다면?

상대는 점점 매혹 마법으로 강화되었던 호감이 사라지며, 상대에게 싫증이나 호감의 감소를 느끼게 된다는 것이다.

―강력한 매혹 마법은 일시적으로 상대를 마음대로 조종할 수 있을 정도의 힘이 되기도 하지. 마인드컨트롤과 같은 고도의 정신제어 마법과는 다르지만, 약하다고 할 수는 없다.

"이를테면 상대에 대한 호감이나 애정이 급상승하여, 무엇을 부탁하든 들어주게 되는… 그런 것이겠군요."

―그렇다. 그래서 주로 흑마법사들, 특히 여자 흑마법사들의 경우는 이를 이용해 미인계와 병행해 적진에 침투해서 기밀을 빼내거나, 중요한 요인들을 암살하는 일을 하곤 했었다.

불과 백 년 전만 해도 전대륙이 흑마법사와 백마법사로 나뉘어 피터지게 싸우던 시절이었으니… 그때 백마법사들이 가장 골치 아파했던 흑마법 중 하나가 바로 매혹이었어.

"음……."

현성은 단순히 지금 하고 있는 일에 매혹 마법을 접목시키는 것 외에도, 문득 뇌리를 스치는 생각에 잠시 생각에 잠겼다.

자르만에게 정신 제어 마법, 즉 마인드컨트롤 역시 배워 보고 싶다는 요청을 했지만, 지금은 불가능하다고 했다.

상대의 정신을 컨트롤하기 위해서는 자신 스스로를 완벽하게 컨트롤 하고, 또 정신제어 과정에서 상대에게 역으로 간섭을 당하는 일을 완벽하게 차단할 수 있어야 하기 때문이다.

그것은 대마법사의 반열에 오른 자르만도 쉽게 할 수 없는 일이라 했다. 바짝 긴장을 해야 한다는 것이다.

이제 걸음마 단계 수준인 현성으로서는 아직 마인드컨트롤은 요원한 일이었다.


두 번째 형태는 매혹 마법을 사람이 아닌 물체, 일반적으로 먹을 것이나 마실 것에 시전하는 것이었다. .

이 경우 해당 음식을 먹는 것이 자신에 대한 호감을 유발하지는 않는다.

하지만 음식 자체에서 묘한 맛과 중독성을 느끼게 되어 자꾸 찾게 된다는 것이 특징이었다.

―두 번째 형태 역시 전쟁에서 많이 쓰였지. 쓰디쓴 독이 잔뜩 들어 있는 독약도 강력한 매혹 마법이 시전된 상태에서는 달콤한 물처럼 느껴지니까. 매혹 마법은 좋은 점은 극대화시키고, 나쁜 점을 가려 버리는 그런 마법이다. 얼마나 적재적소에 쓰는지가 중요하기도 하다.

"예, 명심하겠습니다."

―장난스런 말로 첫 시작을 끊었다만, 사람의 마음을 이용한다는 것은 가볍게 생각하는 순간 파멸로 치달을 수도 있음이야. 그것을 꼭 명심해야 한다.

"예, 스승님. 허투루 쓰는 일이 없도록 하겠습니다."

―그럼 됐다. 그렇다면 이제 실험을 해봐야 하지 않겠느냐? 네 녀석이 어디서 매혹 마법의 영감을 얻었을지는 뻔해 보인다만… 끌끌끌! 쩌쩝!

자르만은 기대에 찬 듯한 목소리로 군침을 흘렸다.

현성은 우선 냉장고 안에서 시원하게 보관해 두었던 보리차 물병을 꺼냈다.

그리고 내어온 유리컵 두 잔에 알맞게 나눠 따르고는 오른쪽 잔을 손으로 움켜쥐었다.

―먼저 네 스스로에게 실험해보겠다는 게냐?

"예. 제가 느끼는 정도가 가장 절대적으로 평가할 수 있는 수치일 것 같아서요."

　―그것도 나쁘진 않겠군. 해보거라.

　샤아아아아.

　현성이 자르만에게서 배운 대로 매혹 마법을 시전해 나갔
다.

　마나의 힘이 전신을 일순하고는 매혹의 연보랏빛 기운을
가득 머금은 채로 오른손을 따라 빠르게 잔 안으로 스며들었
다.

　눈 깜짝할 사이에 이루어진 일이라 현성 자신도 어떤 색깔
의 기운이 스며들었는지조차 제대로 잡아내지 못할 정도였
다.

　같은 보리차.

　같은 시간에 따라낸 물이니 다를 것은 없었다.

　현성은 우선 손을 대지 않은 왼쪽 잔의 물을 한 모금 들이
켰다.

　꿀꺽―

　말 그대로 평범한 보리차 물이다.

　그 이상, 그 이하도 아니었다.

　"후우."

　현성이 한 번 심호흡을 깊게 하고는 이번에는 오른쪽 잔의
물을 들이켰다.

　꿀꺽―

"……!"

그 순간, 아주 묘한 느낌이 현성의 머리부터 발끝까지 파고
들었다.

몸에서 느껴지는 변화에 집중하고 있었기 때문일까?

단순히 기분 좋은 시원한 물의 넘김, 그 이상으로 기분 좋
은 느낌이 전신을 짜릿하게 파고들었다.

물맛도 달달하면서, 방금 전 평범한 보리차를 마셨을 때 갈
증을 해소하기에 부족하다 싶었던 물의 양이 충분하게 느껴
졌다.

한 모금을 마셨을 뿐이지만, 아주 기분 좋은 한 모금이었던
것이다.

게다가 몸 전체를 따뜻한 기운이 감싸는 듯한 느낌과 동시
에 말초신경을 찌르는 묘한 자극도 느껴졌다.

자신을 대상으로 한 만큼, 계획했던 것보다 좀 더 마나의
양을 늘려보았는데 그 효과가 있었던 모양이었다.

─후후후, 거기서 강도를 높혀갈수록… 음식을 먹었을 때
의 기분과 쾌감이 더 좋아지지. 꼭 상대에게 직접 매혹 마법
을 걸지 않아도, 단 둘이 마시는 와인 한잔에 매혹 마법을 걸
들여둔다면, 그 호감의 증폭은 고스란히 상대에게 가지 않겠
느냐? 그래서 무서운 마법이기도 하고, 또 사랑의 묘약이기도
한 마법인 것이다. 물론! 일리시아에게는 이 마법이 통하지
않았지, 끌끌끌! 시도했다가 뺨만 수십 번 맞았던 기억이 생

생하구만. 술이나 다른 무엇으로 벗겨먹을 수 있는 그런 헤픈 여자가 아니었지! 클클클, 그게 언제적 이야기인고. 흐음…….

자르만이 옛 생각에 침음성을 터뜨리는 동안, 현성은 지금 자신의 몸이 기억하는 이 느낌에 집중했다.

확실한 효과가 있을 것 같았다.

지금 일하고 있는 호프집은 매혹 마법을 실험하기에 더할 나위 없이 좋은 조건이었다.

물론 여기에서 끝이 아니었다.

현성이 꿈꾸는 창업.

요식업(料食業)을 생각하고 있는 현성에게 매혹 마법은 최대의 시너지 효과를 기대할 수 있는 방법이었다.

현성은 할머니에 이어 어머님으로부터 물려받은 한식 요리법과 매혹 마법이 좋은 시너지 효과를 낼 수 있을 것이라 생각했다.

여러 가지 이유로 인해 3대를 물려 내려온 요리법이 사업으로 이루어지지는 못했지만, 객관적으로 생각하기에도 할머니와 어머니가 물려주신 한식 요리법은 단연 일품이었다.

지금 당장은 아니지만 머지않은 미래에 이루어질 일.

돈도 차곡차곡 모이고 있고, 준비는 계속해서 진행되고 있었다.

매혹 마법은 좋은 플러스 요소가 될 수 있을 터였다.

"빨리 내일이 왔으면 좋겠네요. 이 마법은 꼭 시험을 해보고 싶습니다. 많은 사람을 상대로 말이죠."

현성의 눈빛이 빛났다.

자신의 추운 일상을 따뜻하게 만들어주었던 파이어 볼 마법.

노동으로 고단해진 몸을 더 빠르게 회복시키고, 또 더 강하게 만들어주었던 블랙 힐 마법.

그리고 세 번째 만남인 매혹 마법.

하나같이 자신에게 너무나도 필요하고, 또한 생활에 빼놓을 수 없는 마법들이었다.

이 좋은 마법을 배우고 깨달을 수 있는 인연이 생겼다는 것은 지금 다시 생각해 봐도 행운 중의 행운이었다.

현성은 그렇게 생각했다.


\*        \*        \*


"앞으로 두 달인가."

상하차 일을 마치고 호프집으로 이동하기 전.

한 시간 정도의 여유 시간이 있었다.

현성은 상하차 작업소 안에 있는 직원 휴게실에서 종이 위에 부지런히 숫자들을 적어가며 계산에 빠져 있었다.

최소한으로 쓸 비용만 쓰고 악착같이 모아온 지난 시간들.

덕분에 현성은 꽤 많은 돈이 모여 있었다.

얼추 계산을 해보니 앞으로 두 달 정도 더 일하면 1차적으로 목표했던 금액에 도달할 수 있을 것 같았다.

사업 아이템은 이미 생각이 끝난 상태.

중요한 것은 자리였다.

현성이 맨 처음 생각했던 것은 미니 트럭을 이용해 영세한 규모이기는 해도 소규모 창업을 해서 조금씩 몸집을 불려가는 것이었다.

하지만 현성이 마냥 고생하라는 법은 없었는지, 예전부터 눈여겨보던 건물 한 공간을 임대한다는 공고가 났던 것이다.

오래된 건물인데다가 위치가 지하였고, 내부 규모도 예닐곱 개의 탁자만 놓으면 다 채워질 좁은 공간이기는 했다.

하지만 그런 요소들 덕분에 오랜 기간 공실(空室)인 상태가 유지되자, 건물주도 가격을 확 낮춰서 내놓은 모양이었다.

맛집은 손님을 찾아가지 않는다.

손님이 맛집을 찾아오는 법.

현성은 자리에는 연연할 생각이 없었다.

맛이 있으면 강원도 두메산골 안에 있어도 차를 끌고 찾아가는 것이 음식의 힘이었다.

현성은 할머니와 어머니로 물려받은 조리법과 매혹 마법을 적절히 조합한다면, 자리의 핸디캡 정도는 빠르게 극복할 수 있을 것이라 생각했다.

"어이, 현성이!"

"예, 조장님."

마침 그때, 작업조장이 들어왔다.

본명인 강철민 대신 하마 조장이라 불리는 그는 작업소 내에서 물을 많이 먹기로 유명한 사람이었다.

새벽 출근길에 마침 하마 조장이 생각난 현성은 마침 집에 있던 두 개의 빈 생수병에 보리차를 나눠 따르고는 작업소에 가지고 나갔다.

실험삼아 효과를 확인하기 위해서였다.

"붉은색 뚜껑으로 닫혀 있던 그 생수병 물이 이모님이 보내셨다는 암반 지하수인가 봐? 아주 꿀맛이던데. 또 마시고 싶을 정도야."

"확실히 맛이 다르셨습니까?"

"내가 괜히 별명이 하마가 아니잖아! 물이란 물은 다 먹어봤단 말이야. 그 잘난 에비앙인지 하는 물도 먹어봤고 말이야. 근데 이번 물맛은 확실히 다르구만. 한 컵만 마시고도 갈증이 한 방에 풀린 건 이번이 처음이야. 아주 물맛이 좋더라고. 아껴 마시고 싶을 정도였다니까!"

하마 조장은 매우 만족하는 눈치였다.

그가 말하는 '붉은색 뚜껑'의 생수병이 바로 현성이 매혹 마법을 걸어둔 물이었기 때문이다.

"이봐, 길수. 아까 그 물 진짜 맛있지 않았나?"

마침 비슷한 시간에 일을 마치고 오는 동료에게 하마 조장이 물었다.

그러자 그 역시 고개를 끄덕였다.

"처음에는 무슨 약이라도 탔는가 했다니까요. 뒷맛이 알싸하면서도 묘한 게, 한 모금이 아쉬웠어요. 현성이, 다음번에는 나도 한 병, 오케이? 값은 쳐주겠다니까."

"예, 형님."

"나는 되는 대로 좀 부탁을 해보지. 일 끝나고 나서 맥주 대신에 한잔 들이켜도 그만이겠어. 현성이, 나도 부탁 좀 하지! 값은 비싸게 쳐줄테니깐!"

"예, 알겠습니다. 조장님!"

만족스러운 반응이었다.

내막을 모르는 사람들이니 굳이 마음에도 없는 칭찬을 할 일도 없을 터.

현성은 한눈에 들어오는 동료들의 호평 일색의 반응이 만족스러웠다.

어느덧 흘러버린 시간.

현성은 수첩을 빼곡히 채운 그간의 수입들과 앞으로 예상되는 수입 내역들을 다시 한 번 훑고는 패딩 속주머니에 조심스레 수첩을 밀어 넣었다.

이제 밤일을 해야 할 시간이었다.

그리고 매혹 마법의 힘을 다시 한 번 느껴볼 시간이기도 했다.

* * *

"여기 맥주 한 잔 더요!"

"골뱅이무침에 소주 두 병 더 갖다 주세요!"

호프는 초저녁부터 모여든 손님들로 와자지껄했다.

역시나 예쁜 여자 알바에게 전담된 테이블부터 손님들이 차기 시작했다.

각 테이블마다 전담 직원들의 사진이 걸려 있는데, 들어온 남자 손님들은 하나같이 그 사진이 걸려 있는 테이블로 가 앉고는 했다.

"야, 벌써 오늘 두 명이나 관뒀댄다. 못생긴 게 죄다, 그치?"

옆에 있던 상화가 텅텅 빈 자신의 전담 테이블을 보며 툴툴 거렸다.

완벽한 외모지상주의가 바로 코앞에 있었다.

부족한 외모를 친절함으로 커버하려 해도, 술집을 찾는 손님들의 판단은 냉정했다.

기왕지사 만든 술자리면 서빙해주는 직원이 예쁘거나 잘생기면 일석이조인 것 아닌가?

"너무 비관만 하지 마. 찾아보면 다 답이 있게 마련이야."

"니 얼굴이 답이잖냐? 잘 생겨서 좋겠구만?"

"뭐… 부정하지는 않고 싶네."

"이 새끼… 아무튼! 그래, 좀! 형은 기분이 말야!"

"어이, 이상화!"

"예, 형님!"

"손님 없으면 주방으로 들어와서 일 좀 도와! 이제 주문 밀릴 때 다 됐는데 말이야! 와서 땜빵이라도 치라고!"

"아, 예에! 갑니다! 에이 쌍, 현성아 나 간다!"

상화는 말이 끝나기가 무섭게 부리나케 주방으로 달려갔다.

그것이 녀석의 장점이었다.

궂은일 마다 않고 무엇이든 하는 것.

"여기요! 맥주 두 잔이요!"

바로 그때.

현성의 전담 테이블에 앉아 있던 두 명의 여자 손님이 주문을 넣었다.

계속해서 기다리고 있던 주문이었다.

"예, 알겠습니다!"

현성이 환한 웃음으로 주문을 받고는 500cc 맥주잔에 빠르게 맥주를 채워나갔다.

바쁘게 돌아가는 매장의 상황 덕분에 현성에게 달리 시선을 주는 이도 없었다.

현성은 아슬아슬하게 거품과 비율을 맞추어 채워놓은 두 개의 맥주잔에 조심스럽게 매혹 마법을 전개하기 시작했다.

스으으윽.

파팟.

샤아아아아.

눈 깜짝할 사이에 현성의 몸을 빠져나온 연보랏빛의 마나 기운이 맥주잔 속으로 스며들었다.

그러자 잔 속의 맥주가 방금 전보다 더 맛깔 좋은 금빛을 내며 반짝반짝 빛나다가 이내 사그라들었다.

'효과가 있을까?'

집에서 마셨던 보리차.

그리고 하마 조장과 같은 조 동료인 길수 형님에게 대접했던 보리차를 생각하면 이미 효과는 검증된 것이었다.

하지만 삼세 번은 채워야 한다고, 아직까지는 완벽하게 몸으로 와 닿지 않는 느낌이었다.

"주문하신 맥주 두 잔 나왔습니다."

"네에—"

현성은 태연한 표정으로 주문이 들어왔던 자리에 매혹 마법을 걸어둔 두 개의 맥주잔을 가져다주었다.

그리고 대기석으로 돌아와 조용히 손님들의 모습을 지켜보았다.

"짠—!"

"오랜만이야, 유미야. 호호호.,"

"한잔해, 한잔해. 일단 한잔 비우고 얘기하자구!"

꿀꺽― 꿀꺼억―

두 여인은 단숨에 500cc의 맥주잔을 비워냈다.

누가 먼저랄 것도 없이 동시에 이루어진 일이었다.

"오!"

"유미야, 이 맥주 진짜 맛있지 않아? 지금 그래서 소리낸 거 아냐?"

"맞아! 어떻게 알았어? 이 맥주 진짜 신기하다. 뒷맛이 달잖아. 안 그래?"

"맞아, 나도 그 생각했어!"

시원하게 한 잔을 비우고 난 두 사람이 동시에 감탄 섞인 칭찬을 쏟아냈다.

현성이 술을 좋아하는 것은 아니지만, 맥주는 일이 끝나고 편의점에 들러 캔맥주를 사거나 호프집에 들러 간단히 맥주 한 잔만 마시고 집에 갔던 일은 종종 있었다.

보통 우리나라 대부분의 술집에 들어가는 맥주는 국산 맥주들로 고소한 맛이 외국 맥주에 비해 떨어지고, 쓰고 떨떠름한 맛이 강한 것이 보통이었다.

현성이 일하는 호프에서 공급하는 맥주도 이것들과 별반 다를 바 없었다.

즉, 매혹 마법이 확실히 효과가 있었던 것이다.

"여기 맥주 두 잔 더 주세요!"

"3000cc 하나요!"

그때, 방금 전 주문이 들어갔던 자리와 함께 새로이 들어온 단체 손님 한 자리에서도 맥주 주문이 들어왔다.

더할 나위 없이 좋은 실험대상(?)들이었다.

*　　　*　　　*

자정 무렵이 되자 매장 내는 초만원이었다.

원래 같았으면 현성은 퇴근했을 시간이지만, 전담 테이블에서 주문이 미친 듯이 들어오는 탓에 점장의 요청으로 초과근무를 서는 중이었다.

매혹 마법의 효과는 자리를 가득 메운 손님, 그리고 폭발적으로 들어오는 주문이 그대로 증명해 주고 있었다.

현성은 실험에 차별을 두기 위해서 맥주 이외의 소주나 양주, 안주 등의 주문이 들어오는 것에 대해서는 매혹 마법을 걸지 않았다.

그 대신 맥주에는 아주 듬뿍이라 해도 무방할 정도로 매혹 마법을 걸어두고 있었다.

시간이 지날수록 마나의 회복량보다 소모량이 많아지고 있어 약간의 피로함이 느껴지고는 있었지만, 버티지 못할 정도는 아니었다.

"야, 니네 자리 왜 그래? 저 여자들 다 미쳤나 봐. 무슨 하마처럼 맥주만 계속 마시고 있잖아."

주방일 보조를 마치고 돌아온 상화가 현성의 전담 테이블을 가리키며 놀란 표정을 지었다.

초저녁에 들어왔던 두 명의 여인네들은 500cc 맥주를 마시다가 감질맛이 났는지, 아예 3000cc 주문으로 바꿔서 벌써 네 번째를 비우는 중이었다.

지금까지 마신 맥주의 양만 다 합쳐도 15000cc는 족히 넘을 듯해 보였다.

화장실을 제 집처럼 들락날락 하고 있는 와중임은 두말할 필요도 없었다.

비단 그 자리뿐만이 아니었다.

카운터에서 관리되고 있는 매상을 봐도 현성의 전담 테이블이 압도적이었다.

예쁜 여자 알바들이 전담하고 있는 테이블과 비교해도 2배를 족히 뛰어넘는 엄청난 매출이었다.

"어이, 정현성. 오늘 뭐 친구라도 부른 거냐? 왜 이렇게 매출이 좋아?"

"그러게 말입니다. 사장님, 이제 제 외모가 빛을 좀 발하는 모양입니다?"

"이 자식… 오늘 인센티브 장난 아니겠는데? 매일 지금 같기만 한다면야 얼마를 줘도 아깝지 않겠지!"

가게가 눈코 뜰 사이 없이 바쁘다는 소식에 한달음에 달려 나온 사장은 손님들로 가득 찬 매장을 보며 연신 미소를 짓고 있었다.

현성은 현성대로 매혹 마법의 성과와 더불어 금전적으로도 충분한 이득을 보게 되었다는 사실에 만족했다.

더 나아가 매장 내를 가득 메운 손님들을 보며, 조만간 시작될 자신의 사업에서도 이런 기분 좋은 느낌들이 이어지길 바랐다.

들어온 손님들이 쉬이 나가지 않고 계속해서 주문이 밀린 탓에 현성은 이곳에서 일한 이후로 처음 풀타임 근무를 서게 되었다.

일이 끝나고 나니 새벽 세 시였다.

두 시간 뒤가 되면 또다시 작업소에 나갈 시간인 것이다.

인센티브 20만원.

엄청난 돈이었다.

며칠간 누적된 돈이 아닌 단 하루, 그것도 저녁 타임에 짧고 굵게 이뤄낸 성과였다.

이런 형태가 며칠, 그리고 한 달, 두 달이 된다면 손에 쥘 수 있는 돈은 더 많아지게 될 터.

이것은 시작에 불과했다.

\*      \*      \*

목표 달성에는 오랜 시간이 걸리지 않았다.

현성의 매혹 마법은 오로지 현성만이 아는 것이었고, 그것을 눈치채는 사람은 없었다.

처음에는 예쁜 여자 알바생을 보기 위해 손님이 북적였던 매장도 분위기가 확 달라져 있었다.

현성이 서빙하는 맛 좋은 술.

그리고 그 술의 묘한 맛과 현성의 외모에 자연스레 이끌려 매장을 찾는 여자 손님들이 폭발적으로 늘어났다.

우연히 한 번 매장에 들렀던 손님은 단골이 되었고, 애초에 단골이었던 손님은 그야말로 '죽돌이'가 되었다.

현성은 지나친 매혹 마법의 부작용을 막기 위해, 한 번 안면이 생긴 손님들에게는 서빙되는 술들에 주입되는 매혹 마법의 마나량을 줄였다.

한 달이라는 시간은 순식간에 흘렀다.

파이어 볼 마법은 이제 자다가도 잠결에 구현 가능할 정도로 손에 익었고, 블랙 힐 마법 역시 꾸준히 몸을 혹사시키고 이를 치유하고 회복시키는 형태로 사용하는 중이었다.

덕분에 현성의 몸은 온몸에 잔근육이 가득하면서도, 지나치게 부풀어 오르지 않은 균형잡힌 몸매로 거듭나 있었다.

매혹 마법도 이제 필요한 만큼 마나의 양을 조절하여 과하지도, 부족하지도 않게 상대로부터 만족스런 반응을 이끌어낼 수 있을 정도의 컨트롤이 가능하게 되었다.

때문에 마치 알코올 중독자처럼 마냥 술만 찾는 손님도 없었고, 그렇다고 해서 호프집에 발길이 끊긴 것도 아니었다.

한 달이라는 시간 동안 현성은 더 많은 마법을 익힐 수 있었다.

제 3자가 보기에는 잠자는 시간을 줄이고 또 줄이는 강행군의 연속이었지만, 정작 현성은 멀쩡했다.

바로 일리시아로부터 전수받은 치유 마법, 힐링(Healing) 덕분이었다.

즉각적이면서도 가시적인 치료 효과를 가지고 있는 힐링 마법은 마치 몸에 잘 듣는 약을 먹은 것처럼 바로 효과를 나타냈다.

극심한 피로가 몰려올 즈음에 시전되는 힐링 마법은 말끔히 그 피로를 치유해주었고, 더 나아가 정신을 청명하게 만들었다.

일리시아와 자르만이 살고 있는 대륙의 모든 마법사들은 백마법사 '또는' 흑마법사라고 했다.

다시 말해서 지금의 현성처럼 힐링 마법과 블랙 힐 마법을 같이 전개할 수 있는 경우가 존재하지 않는다는 것이다.

이것은 현성 스스로에게나 자르만, 일리시아에게나 신기한 일이었다.

현성은 세상의 그 어느 누구도 갖고 있지 않은 양대 마법의 구현 능력을 지니고 있는 셈이고, 자르만과 일리시아에게는 전대미문의 유일무이한 광경을 두 눈으로 보고 있는 셈이었다.

차원을 연결하는 마나석에 흑마나와 백마나를 완벽히 5:5로 나누어 분배했던 것처럼, 현성은 정확히 절반의 힘은 백마법의 힘으로, 나머지 절반의 힘은 흑마법의 힘으로 구현하고 있었다.

—정화?

"예, 백마법이라면 가능할 것 같다는 생각이 들었습니다. 이를테면 더러워진 물을 정수하거나, 먼지가 가득한 공간을 깨끗하게 만든다거나⋯⋯."

—어허, 그런 마법이 딱히 필요가 있겠느냐! 물이야 깨끗한 물을 길어다 마시면 되는 것이고, 청소는 제 손으로 직접 해야 뿌듯함도 있는 법 아니겠느냐!

2주 전의 일이었다.

이번 달까지만 작업소에서 일을 하고, 창업 준비를 위해 일을 그만둘 생각이었던 현성은 그즈음부터 격일로 일을 나가고 있었다.

단계적으로 일의 양을 줄이면서 같은 조원들이 재편되는 업무에 적응하게 하고, 새 직원이 구해지면 그에게 현성 본인이 하던 일을 인수인계하고 그만두는 그런 구조였다.

덕분에 격일로 여유 시간이 생긴 현성은 일찌감치 사업과 연관된 조리법에 대해 매일 골몰하는 중이었다.

양념을 만들고, 내용물을 배합하는 것 외에 현성이 가장 먼저 과제로 삼은 것은 조리에 쓸 가장 큰 재료.

바로 물에 대한 것이었다.

호프집에서의 맥주가 그러했듯 매혹 마법으로 해결하면 될 문제라고 생각했지만, 너무 단발성이었다.

지금 고민하기에는 먼 미래의 일이 될 수도 있겠지만, 현성은 사업이 잘 될 경우에는 이를 기점으로 삼아 프랜차이즈 사업으로 발전시킬 생각도 가지고 있었다.

그럴 경우에 각 분점에 공급하는 모든 물과 재료들에 매혹 마법을 일일이 시전하며 다닐 수는 없는 노릇이었다.

시간도 부족할 뿐더러, 규모가 기하급수적으로 늘어나게 될 경우 마나의 양도 감당할 수 있을지 의문이었다.

그래서 현성은 물이라는 키워드에 집중했다.

그리고 마법에서 적절히 조합할 수 있는 또 다른 방법을 고민한 것이다.

─호호호, 물론 가능하지. 질서를 어지럽히고 더럽히고, 흐트리는 것이 주목적인 흑마법은 구현할 수 없는 백마법의 멋진 순기능이란다. 정화 마법은 남편이 아닌 나에게서만 배울 수 있단다. 호호호호!

─매혹 마법으로 다 해결될 문제를 굳이 돌아가려 하는구

나! 어리석은 짓이다, 이놈아!

—어머, 왜 이래요? 가르침에는 끝이 없다 했어요. 제자가 이토록 가르침을 원하는데, 도와주기는커녕 꾸짖는 스승이 어디에 있어요?

자르만은 연신 마나석에 대고는 현성을 향해 반쯤 매달리듯 말을 던졌다.

일리시아의 부재 중에 현성에게 매혹 마법을 전수해주던 모습과는 정반대의 모습이었다.

"좀 더 정확하게 설명해 주세요, 일리시아 스승님. 정화 마법으로 어떤 효과를 기대할 수 있을까요?"

현성이 청명한 목소리로 또박또박 말을 이어나갔다.

그러자 일리시아가 기다렸다는 듯이 답했다.

—정화, 그러니까 클린(Clean) 마법은 말 그대로 어떤 물체나 액체가 보유하고 있는 나쁜 요소들을 걸어내는 역할을 한단다. 물론 그 정화의 정도는 시전자가 어느 정도의 클래스냐에 따라 다르지. 9클래스의 대마법사는 오염된 넓은 호수도 맑은 물로 바꿔내지만, 견습생에 불과한 마법사들은 작은 물방울 하나도 깨끗하게 만들지 못한단다. 엄청난 차이라고 할 수 있지.

"스승님은 어느 정도입니까?"

—호호, 9클래스의 백마법사의 검증을 받고 싶은 거니? 경험은 네가 생각하는 그 이상의 곱절만큼은 된단다.

일리시아의 목소리에는 자신감이 가득했다.

그녀는 실제로도 설명처럼 오염된 호수나 강물을 정화시킨 적이 꽤 있었다.

일리시아가 생각하는 마법의 쓸모란 단순히 전쟁에 국한된 것만은 아니어서, 그녀는 민생에 관련된 마법에 대한 연구에도 오래전부터 많은 관심을 가지고 있었다.

이를테면 정령술과 연계하여 가뭄을 해소하는 비를 불러낸다거나 담수의 흐름을 바꾸고, 필요한 곳에 물을 공급하는 식의 일에도 마법을 사용해오곤 했다.

─그러니까 클린즈가 딱히 필요가 없······.

─이 검은 수염쟁이 홀애비가! 좀 조용히 있지 못하겠어요? 왜 이리 훼방이야!

─ㅇㅇㅇㅇ음······.

대화 중간중간에 끼어들던 자르만의 목소리가 일리시아의 일갈(一喝)에 순식간에 사그라들었다.

이내 분위기는 조용해지고, 다시 일리시아아의 대화가 이어져 나갔다.

─알려주마. 쓸 만한 재료들을 가져와 봐. 어떤 것이라도 좋아. 쌀을 씻고 남은 물도 괜찮겠지.

"미리 준비해 두었습니다."

현성이 저녁밥을 전기밥솥에 얹기 전, 쌀을 씻을 때 만들어 놓은 쌀뜨물을 꺼내두었다.

백색의 탁한 기운이 가득한 물이었다.

─왼손과 오른손, 둘 중에 손 하나를 담가보도록 해. 남는 손 하나는 밖으로 내어놓아야 해. 그 안에서 흡수, 정화되는 탁기를 모아놓을 손 하나가 반드시 필요하거든.

"그럼… 이게 좋겠군요."

현성이 쌀뜨물이 담긴 그릇에 오른손을 담그고는 왼손을 뻗어 싱크대 쪽에 올려두었다.

무엇이 나올지는 알 수 없지만, 어쨌든 정화하고 남은 찌꺼기들이 생길 것이라 생각했기 때문이다.

─매혹 마법은 주입한다는 느낌으로 캐스팅을 했을 것이고, 파이어 볼 마법은 결정체를 만들어낸다는 생각으로 캐스팅을 했을 거야. 그렇지?

"예, 스승님."

일리시아는 자르만과 달리 사근사근한 말투로 처음부터 단계를 밟아주고 있었다.

필요한 요점만 짚고 끝내는 자르만과는 다른, 일리시아 특유의 가르침이었다.

─클린 마법은 눈에 보이는 탁기를 네 손으로 빨아들인다는 생각을 해야 해. 입이 아닌 손으로 마신다는 생각을 하는 게지. 내 손에 입이 달려 있고, 그 입이 보이는 물을 쭉 빨아들인다는 생각을 하는 거야.

"음……."

단번에 쉽게 연상이 되지는 않았다.

하지만 손을 통해 느껴지는 속의 촉감을 현성은 자신의 입과 연계하여 생각했다.

그리고 자연스럽게 물을 쭉 빨아들이는 듯한 상상에 잠겼다.

─백마나의 순환이 필요해. 이미 네 몸이 기억하고 있듯이, 역이 아닌 순(順)의 흐름으로 마나를 회전시키면서, 저 물을 빨아들인다고 생각하렴.

"예."

현성이 짧게 답을 받았다.

그리고 집중이 흐트러질세라 바로 전신의 느낌에 집중했다.

백마나의 순환.

그리고 오른손에서 느껴지는 차가운 물의 촉감.

빨아들이는 듯한 느낌.

"……!"

그 순간.

오른손이 움찔하더니 물속에서 무언가가 손끝을 타고 올라오는 느낌이 강력하게 들기 시작했다.

스르르르륵!

동시에 하얀 가루처럼 뭉쳐진 알갱이들이 현성의 오른손에서 왼손으로 빠르게 움직이기 시작했다.

―더 집중해!

일리시아가 현성을 다그쳤다.

눈앞에 보이는 현상에 잠시 정신이 팔린 사이, 클린 마법의 시전이 불안정하게 이루어지고 있었기 때문이다.

일리시아의 외침에 정신이 바짝 든 현성이 다시 방금 전까지의 느낌에 집중했다.

그러자 다시 매끄럽게 흐름이 이어졌다.

점점 물의 색깔이 맑아지기 시작했다.

동시에 현성의 왼손바닥 위로 백색 가루들이 점토 뭉치처럼 모이기 시작했다.

그 양은 물이 점점 맑아질수록, 본래의 모습을 찾아갈수록 커져갔다.

―보이니?

"예. 빠짐없이 보입니다."

―그게 클린 마법의 묘미란다. 어렵게 생각할 것 없어. 탁한 공기를 정화시키는 것도 마찬가지란다. 허공에 한 손을 올리고, 빨아들인 탁기를 남은 한 손으로 보내면 돼. 그러면 뭉칠 대로 뭉친 먼지 덩이처럼 걷어내서 버리기 좋은 찌꺼기들만 남게 되는 거지.

"정말 신기합니다. 너무 유용한 마법인데요?"

현성은 감탄을 금치 못했다.

매혹 마법을 배웠을 때도 이 정도로 놀라지는 않았던 현성이었다.

클린 마법은 얼마든지 다양한 부분에 활용이 가능했다.

능력이 닿기만 한다면, 한없이 오염된 호숫가라던가 냇가의 물도 원래대로 되돌릴 수 있는 것이 아닌가?

샤아아아—

이내 클린 마법의 시전이 끝나고.

물은 완벽하게 깨끗해졌다.

지금 바로 마셔도 괜찮을 정도의 맑은 물이었다.

왼손에는 쌀을 씻어낼 때 씻겨져 나왔을 법한 양의 가루뭉치가 덩어리로 만들어져 있었다.

"하아. 하아. 하아."

바로 그때.

마법의 시전이 끝남과 동시에 현성은 몸속에서부터 밀고 올라오는 피로감에 자신도 모르게 가쁜 숨을 내쉬었다.

마치 전력으로 100m 달리기를 하고 나서 내뿜는 뜨거운 숨결 같은 느낌이었다.

—호호호, 이런 느낌은 처음이지? 아직 익숙하지 않아서 그렇단다. 끊임없이 연습해야 해. 지금 너는 네가 가진 마나 전부를 완벽하게 깨닫고, 이해하고 사용하고 있는 게 아니란다. 네 그릇이 버틸 수 있는 정화의 한계는 아직 적단다. 쉽지 않지?

"하아. 하아. 예, 스승님. 하아. 이렇게 순식간에 지쳐 버리긴 이번이 처음입니다."

현성이 여전히 가쁜 숨을 내쉬었다.

첫술에 배부를 수는 없는 모양이었다.

─연습하면 연습할수록 정화할 수 있는 양이 늘어나게 될 거야. 공기를 정화하는 것보다 물과 같은 액체를 정화하는 일은 더 많은 힘이 들어. 단단한 얼음 같은 고체라면 더욱 어려워지지. 계속 수련하거라. 이건 스승이 도와줄 수 있는 문제 그 이상의 것이야. 그리고 네가 응당 감당해야 할 장벽이기도 하고 말이야.

"예, 스승님. 명심하겠습니다."

─그럼 연습하고 또 연습하렴. 조만간 다시 한 번 점검을 하마.

"예."

가르침에는 아낌이 없었지만, 일리시아는 자신이 정한 기준선을 만들어놓고 그 이상의 도움은 주지 않았다.

처음부터 느꼈던 그녀의 성격 그대로였다.

오히려 첫 인상이나 대화에서 차가워 보였던 자르만이 지식을 전함에 있어 좀 더 적극적인 스킨십이 많은 편이었다.

*　　　*　　　*

그렇게 정화 마법, 클린(Clean)에 첫걸음을 뗀 이후.

2주가 흘러 있었다.

이제는 욕조 가득 물을 받아놓고, 검은색 잉크를 실컷 풀어놓은 뒤.

탁하디 탁한 검은색의 물로 가득 차고 나면, 이를 능숙하게 맑은 물로 만들 정도의 수준에 이르렀다.

가용 가능한 마나를 최대한도로 계속 이끌어내야 하는 마법이었기 때문에 하고 나면 탈진에 가까울 정도로 지쳐 버리곤 했지만, 다시 회복하고 난 뒤에 도전하면 직전보다 더 많은 양의 정화가 가능해졌다.

한계까지의 클린 마법 전개.

힐링을 통한 자가 치유.

블랙 힐을 통한 저항력 증강.

세 가지 마법의 조합은 현성을 지치지 않게 만들었다.

덕분에 괄목할 만한 성장을 거듭했고, 지금에 이른 것이다.


작업소 일을 그만두면서 하루 일과는 좀 더 단순해졌다.

작업소를 그만두면서 생긴 금전적인 공백은 호프에서의 일로 충분히 메꿔졌다. 아니, 오히려 그 이상이었다.

현성은 호프에서 일하는 시간을 좀 더 늘렸다.

저녁 6시에 출근하여 새벽 6시에 퇴근하는 식이었다.

원래의 업무 시간보다 7시간이 늘어난 셈이었는데, 매일같이 오는 손님들이 저녁, 밤, 새벽을 가리지 않고 몰려드니 당연한 일이기도 했다.

새벽에 퇴근하고 나면 잠깐 눈을 붙이고 아침에 일어나, 출근하기 전까지 음식 조리법에 골몰하는 것이 하루 일과였다.

매사에 꼼꼼한 현성이었지만, 모든 것이 순탄하게 흘러가지는 않았다.

할머니에 이어 어머니를 통해 물려받은 조리법이 머릿속에는 어느 정도 기억으로 남아는 있었지만, 중간 중간 기억이 나지 않아 애를 먹는 부분이 많았던 것이다.

시행착오의 연속이었다.

현성의 아침, 점심, 저녁 식단은 된장찌개와 김치찌개의 반복이었다.

맛은 그때그때 달랐다.

예전에 먹던 그 맛이 나지 않았다.

클린 마법을 이용해 깨끗해진 정화수는 분명 그 자체의 효과가 있었다.

같은 레시피로 조리를 했다 하더라도 정화수로 끓인 찌개가 좀 더 깊은 양념의 내음을 머금고 있었던 것이다.

하지만 그것으론 부족했다.

현성은 할 수 있는 모든 시도를 했다.

"파이어 볼 마법으로 30초간 강한 화기에 조리. 2단계 정도의 매혹 요소 3초 가미. 힐링으로 생기 부여 약 2초.."

현성은 매 조리 때마다 일반적인 조리 외에 가미된 요소들을 적어 넣었다.

파이어 볼 마법은 강력한 열기를 머금고 있어, 순식간에 찌개를 확 달아오르게 만들고 조리하는 탁월함이 있었다.

그 양과 뚝배기와의 간격을 알맞게 조절하지 않으면 뚝배기 안의 재료가 타거나 심하게 익어버리기 때문에 완급 조절이 필요했다.

매혹 마법은 예상대로 음식 조리와의 궁합은 잘 맞았다.

현성은 자신이 느끼는 기준에 맞춰 매혹 마법의 단계를 1단계에서 10단계까지 나누었다.

10단계는 가용 가능한 모든 마나를 동원해 발현시키는 것으로 매우 강력한 수준으로, 현성은 2단계 정도로 아주 약하게, 묘한 맛을 풍기는 정도로만 매혹 마법을 조합시켰다.

힐링은 조리 과정에서 아삭함이 사라진 김치찌개 속 김치의 식감이나 지나치게 부들부들해진 된장찌개 두부의 식감을 알맞게 회복시켜주는 역할을 했다.

또한 된장과 김치 특유의 찌개 내음이 물씬 풍겨나도록 촉진하는 역할을 했다.

이건 자르만이나 일리시아가 알려준 것이 아닌, 현성 스스로 체득한 조리와 마법의 조합이었다.

마법 수련 과정에서는 이런저런 말을 걸던 자르만과 일리시아도 이때만큼은 마치 지켜보고 있지도 않은 것처럼, 아무 말도 걸지 않았다.

현성은 그 정도로 열중하고 있었다.

자르만과 일리시아는 그런 현성의 모습을 보며, 나름대로의 기록을 남기고 있었다.

차원 너머의 존재.

자신들의 제자에게 가장 당면한 큰 문제는 마법적인 큰 깨달음도, 누군가와의 애틋한 사랑도 아닌 '돈'이었다.

돈이 전부라 해도 무방한 세상이었다.

제자는 돈을 벌기 위한 모든 방법을 필사적으로 찾고 있는 중이었다.

매일 잠을 쪼개어가며 일을 하고, 시행착오를 수십 번이 넘게 거치면서도 자신만의 조리법을 찾는 것도 그 때문이었다.

"아오! 하나가 빠졌어! 도대체 뭐지? 양념이 여기서 더 들어가면 맛이 짜진단 말이야! 아아!"

오늘도 어김없이 현성의 방에서는 절규가 터져 나오고 있었다.

\*       \*       \*

"일대일이네요, 그렇죠?"

"낄낄낄. 선의의 경쟁이오. 카운트가 뭐가 그리 중요하겠소? 너무 앞서가려 하지 마시오, 부인."

"입에 침이나 바르지… 어디서 씨알맹이도 안 먹힐 거짓말

을 나불거려요. 학회 일로 자리 비운 동안 그렇게 매혹 마법
을 알려주려고 동분서주했다면서요?"

"끌끌! 누가 그러오?"

"우리 둘 말고 이 얘기를 해줄 사람이 누가 있어요?"

"이, 이놈이⋯⋯!"

"어쨌든 벌써 이렇게 두어 달이 흘러가고 있어요.. 어떻게
생각해요, 당신은?"

일리시아는 마나 구체가 만들어낸 영상을 통해 보이는 현
성의 뒷모습을 바라보며 자르만에게 물었다.

지금 두 사람이 나누는 대화는 송신을 막아놓은 상태이므
로, 현성에게는 들리지 않는 대화였다.

"좋은 인연을 만났다고 생각하오.. 배움도 빠르고 의지도
강하지. 젊었을 적의 나를 보는 것 같단 말이오."

"난봉 기질까지 닮은 것 같진 않던데요?"

"허허! 언제 내가 그런⋯⋯."

일리시아의 매서운 반격에 자르만이 당황한 듯, 얼굴을 붉
혔다.

젊었을 적, 자르만은 대륙 마법계를 통틀어 둘째가라면 서
러울 법한 카사노바였다.

반면에 일리시아는 도도하고 새침하기로 유명한, 그래서
단 한 명의 남자도 그녀의 성에 차지 않았던 눈 높은 여인네
였다.

일리시아와 자르만이 불같은 사랑에 빠져 결혼을 결심하게 되었을 때, 대륙 전체가 들썩였던 것은 흑마법사와 백마법사의 결합이기 때문이 아니었다.

최강의 바람둥이와 눈이 높다 못해 사람이 아닌 신쯤은 되어야 눈에 찰 거라는 일리시아가 서로 사랑에 빠졌기 때문이었다.

물론 지금은 아주 오래전의 이야기가 되긴 했지만, 세간의 연인들이 '불같은 사랑'에 대해 이야기를 하곤 할 때면, 늘 빠지지 않는 것이 자르만과 일리시아의 연애담이었다.

"그것보다 좀 신경 쓰이는 것이 있어요."

장난스런 대화를 주고받던 일리시아가 목소리를 조심스럽게 낮추고는 진지한 어투로 말을 이었다.

"말해보시오, 부인."

자르만도 뭔가 심상찮은 느낌을 받았는지, 자연스레 목소리를 낮췄다.

"비공식적인 제보이고 아직 증거가 확보된 것은 아니지만… 브라네카이 대륙 남쪽에서 마족으로 추정되는 개체를 확인했다는 보고가 있었어요."

"마족? 이미 천 년 전의 전쟁에서 블랙 드래곤이 게이트를 막아버렸지 않았소? 그야말로 이젠 전설 속의 이야기일 뿐인데."

"알다시피 지금 브라네카이 대륙은 아무도 살지 않고 있는 대륙이고, 그곳에 우리 제국의 조사기지가 세워져 있단 말이에요. 그곳에서 보고 듣고 느끼는 모든 것은 바로바로 그날 보고가 올라오는데……."

"올라오는데?"

"지난 이십 년간 아무 일도 없었던 조사기지에서 이번에 실종 사건이 일어났다는 거죠. 전진 기지에 있던 마법사 둘이 사라졌어요. 그리고 다행히 복귀한 마법 조사원 하나가 마족으로 추정되는 개체를 보았다고 말을 했구요. 하지만 이상한 건 그게 아니에요."

"무엇이 문제였단 말이오?"

자르만의 표정이 점점 심각하게 굳어갔다.

천 년 전, 이 세계 전체의 존망이 걸린 대 전쟁이 있었다.

바로 마족과 인간―드래곤의 전쟁이었다.

그전까지 서로 세력 다툼을 하며 분쟁이 끊이지 않았던 인간과 드래곤은 마족의 출현으로 인해 양방 모두 멸살(滅殺)에 대한 위험을 느꼈고, 극적으로 힘을 합쳐 마족을 몰아냈던 적이 있었다.

마족의 등장이 두고두고 회자가 되는 것은 시공간의 뒤틀림에 의해 차원의 문을 잇는 게이트(Gate)가 생겨났고, 그 게이트를 통해 마족들이 끊임없이 진입해 왔기 때문이었다.

당시 블랙 드래곤들의 숭고한 희생으로 게이트를 막지 못했다면, 지금 이 세계는 인간과 드래곤이 아닌 마족의 세계가 되었을 터였다.

일리시아나 자르만이 지금 이 이야기를 바짝 긴장하고 듣고 있는 이유는 '마족'이라는 두 글자가 내포하고 있는 의미가 크기 때문이었다.

"다시 조사한 게이트는 그대로였어요. 천 년 전의 모습 그대로. 그나마 수년 전까지 남아 있던 마나의 기운도 모두 고갈되었고, 이제는 사용이 불가능한 죽은 공간이 되었다는 거죠. 그런데 마족으로 추정되는 개체가 보였다는 건……."

"시공의 흐름이 흐트러졌다? 다른 게이트가 생겨났을 수도 있단 거요?"

끄덕끄덕.

일리시아가 고개를 끄덕였다.

자르만은 대답 대신 잠시 턱을 괴고는 생각에 잠겼다.

그리고는 어느 정도 판단이 선듯, 말을 이었다.

"부인, 만약에 게이트가 열렸다면 지금 우리가 이렇게 한가로이 대화를 나눌 수 있진 않을 거요. 조사단원들이 잘못 본 것일 수도 있고. 진즉에 쑥대밭이 되어도 모자랐을 텐데 아무 일도 없지 않소?"

"그래서 그냥 넘기자니 애매하고, 심각하게 받아들이자니 별일 아닌 것 같단 이야기에요. 별것 아니겠지요? 그 이후로 달리 보고는 없어요. 한 번 보았던 것 같다는 보고가 끝이고… 다만 실종된 조사원 둘은 여전히 행방불명이지만."

"별것 아닐 거요. 너무 심각하게 생각할 필요는 없소."

"하지만 지금 우리가 하고 있는 이러한 시도들이 어쨌든 차원의 질서를 무너뜨릴 수도 있는 건 사실이에요."

일리시아는 조심스런 눈치였다.

하지만 자르만의 말에 어느 정도 수긍하는 느낌이었다.

일이 터지려면 진즉에 어떻게든 터졌을 것이다.

그리고 가장 먼저 게이트에 문제가 생겼을 것이다.

그곳이 가장 이 세계에서 시공의 흐름이 불안정한 곳이기 때문이다.

"하지만 예의주시는 하고 있도록 합시다. 대비해서 나쁠 건 없잖소?"

"그래야겠어요."

"벌써 날이 깊었소. 가서 눈이나 붙입시다. 오늘도 저 녀석은 밤을 꼬박 새워 같은 짓만 반복할 듯하니… 끌끌끌, 또 실패인가 보오."

"그러게요, 호호호."

자르만과 일리시아가 영상 너머로 보이는 현성의 모습을 보며 웃음을 터뜨렸다.

아침에 씻고 나왔을 때만 해도 잘 정돈되어 있던 현성의 머리는 거듭된 쥐어뜯기로 인해 헝클어진 실타래처럼 엉망이 되어 있었다.

오늘도 어제와 다를 것 없는 아쉬운 실패의 연속이었다.

2% 부족했다.

후루룩 후루룩.

"아직은 괜찮아. 아직까진 몇 백 그릇도 먹을 수 있어."

꿀꺽— 꿀꺽—

현성이 뚝배기를 가득 채운 국물에 밥 한 공기를 뚝딱 말아 먹으며, 스스로를 다독였다.

하루아침에 만들어질 맛이라면 특별하지도 않을 것이다.

현성은 그렇게 배가 터질 듯한 일곱 번째 저녁 식사를 마치고는 잔뜩 불러온 배를 움켜쥐고 잠에 들었다.

내일의 해가 뜨면.

또 새로운 레시피로 만든 된장찌개와 김치찌개 냄새가 방 안에 모락모락 피어오를 것이다.

4장

꿈, 그리고 시작

그로부터 열흘이라는 시간이 더 흘렀다.

현성이 레시피를 메모하기 위해 구입한 공책은 벌써 세 권째를 넘어가고 있었다.

공책의 한 줄 한 줄마다 들어간 재료와 조리 시간, 재료의 양이 남김없이 적혀 있었다.

그리고 '결과'라고 적힌 글자 옆에는 하나같이 붉은색으로 X표시가 되어 있었다.

맛이 만족스럽지 않거나, 애초에 제대로 요리가 완성되지 않았다는 표시였다.

"여어!"

마침 반가운 손님이 찾아왔다.

상화였다.

요 며칠 전부터 매일 저녁 출근할 때 현성이 가져오는 된장찌개와 김치찌개를 먹고 나서, 평가단을 자처하고 나선 그였다.

전날 새벽까지 일한 탓에 피로가 가득한 그였지만, 레시피 찾기에 골몰하고 있는 현성에게 도움이 되고자 아침이 되자마자 찾아온 것이다.

자세히는 아니더라도 현성에게 이런저런 이야기를 들은 덕분에 상화는 현성의 계획을 알고 있었다.

최근 일이 끝나기가 무섭게 집으로 돌아가 음식 만들기에 골몰하고 있다는 것은 물론이고, 그동안 모아온 돈을 종잣돈 삼아 창업을 할 것이라는 것까지도.

처음에는 같은 술집에서 일하는 동료 직원 정도의 관계로 시작된 사이였지만, 지금은 누가 뭐라 해도 부럽지 않을 단짝이 되어 있었다.

현성이 브레인이라면, 상화는 행동대장에 가까웠다.

가게에서 손님들에게 음식을 내어갈 때도 현성이 탁월한 외모와 묘한 눈빛으로 여자 손님들의 호감과 주문을 이끌어 낸다면, 상화는 타고난 유머 감각을 무기 삼아 손님들에게 예상외의 재미를 주곤 했다.

"잠이나 더 자지. 아침부터 올 필요는 없는데 말야."

"밥만 가져오면 찌개는 공짜라면서? 그래서 내가 어제 저녁부터 굶은 거 모르냐. 배를 봐라. 아주 쏙 들어갔다."

"…지나가던 눈사람이 웃겠다."

"임마, 눈사람이 어떻게 지나가냐… 아무튼! 내가 어떻게 도와주면 될까?"

"내가 설명해주었던 그 맛. 그 맛의 느낌을 알겠어?"

"뒷맛은 텁텁하지 않고, 첫맛은 달달하면서 된장이나 김치의 내음이 물씬 풍기는?"

"맞아. 지금까지 먹었던 것들은 뭔가 조금씩 부족하지 않았어?"

"부족했지. 네가 말한 대로 딱 2% 부족한 느낌이었다."

상화의 평가는 냉정했다.

현성 역시 그런 상화의 평가를 원했다.

듣기 좋으라고 포장해 주는 미사여구를 원한 것은 아니었다.

냉정하게 손님으로서, 돈을 내고 먹는 고객의 입장에서 맛을 평가해주길 바랐다.

맛이나 패션에 관심 없을 것 같아 보이는 외모.

하지만 상화는 맛집이란 맛집은 전국 방방곡곡을 동생과 함께 찾아다니고, 패션 잡지라면 그 누구보다도 빠삭하게 꿰뚫고 있는 것이 그였다.

하물며 된장찌개나 김치찌개처럼 접하기 쉬운 음식에 대

해서는 조예가 더 깊은 것이 상화였다.

때문에 현성이 상화를 직접 자신의 집으로 초대한 것이다.

"준비 됐나? 오늘 하루 종일 일하기 전까지 먹기만 해야 할 수도 있어."

"내가 그 정도 각오도 안하고 평가단을 하러 왔는줄 아냐. 시작해라. 밥은 아예 한 솥을 가지고 왔으니까."

철컹!

상화가 등산용 가방 속에 떡하니 담겨져 있던 밥통 하나를 꺼내들었다.

어림잡아 보기에도 밥 열 공기는 족히 채우고도 남을 엄청난 양의 밥이었다.

보글보글― 지글지글―

어느새 뚝배기가 끓고 있었다.

뚝.

달리 스탑 워치가 없어도 이제는 감으로 적당한 조리 시간을 맞추는 현성이었다.

김이 모락모락 나는 김치찌개 뚝배기가 상화의 앞에 놓이고.

상화는 조심스럽게 숟가락 한가득 국물과 김치를 건져 올려서는 입 안에 조심스럽게 밀어 넣었다.

후룩― 후루룩―

꿀― 꺽.

"음……."

"정확하게 평가해줘. 내 기분 살려주려는 말은 하지 말고."

"첫맛이 좋아. 그런데 뒷맛이 별로야. 김치도 약간 물렁하
게 씹히는 느낌이야. 너무 익혀서 식감이 떨어진 것 같달까.
하지만 국물 맛 전체는 좋아졌어. 확실히 괜찮아."

"밥이랑 같이 한 번 먹어봐."

사르르륵. 쩝쩝쩝. 꿀걱.

능숙한 손놀림을 따라 밥 한 숟갈이 한 조각의 김치와 어우
러져 상화의 입 안으로 빨려 들어갔다.

"밥이랑은 조합이 괜찮은데? 하지만 확실히 김치의 식감이
좀 걸리네. 김치찌개는 잘 익은 국물만큼이나 김치의 식감이
중요하다고 생각하거든."

"좋아, 다시 해보자구. 기다릴 수 있지?"

"난 신경 쓰지 마라. 다음 뚝배기 내올 때까지 뭘 하든 기
다리고 있으마."

"오케이. 고맙다."

"고생해라."

상화가 엄지손가락을 치켜 보이고는 바로 그 자리에 드러
누웠다.

어제의 피로가 가시지 않은 탓에 훈기 가득한 현성의 방 안
에 있으니 눈부터 감긴 탓이었다.

현성은 다시 새 뚝배기를 꺼내서는 또다시 조리를 이어가

기 시작했다.

완성.

시식.

평가.

문제점 확인.

재시작.

정해진 톱니바퀴처럼 계속해서 같은 상황이 반복됐다.

현성은 군말 없이 구슬땀을 흘리며 조리에 매진했고, 상화
는 그런 현성을 독려 하며 계속해서 맛을 가감 없이 평가해주
었다.


―좋아, 여기서 조금만 더 된장 맛이 강해지면 될 것 같아.

―이번에는 좀 싱거워. 애초에 짠 맛을 좋아하는 사람한테
는 맞지 않겠어.

―이건 너무 새로운 시도잖아! 김치 맛밖에 나지 않아!


혹평과 호평, 칭찬과 실망.

천당과 지옥을 오고가는 상화의 평가에 현성은 더욱 속도
를 냈다.

확실히 제 3자의 평가가 있으니 감이 더 쉽게 잡히는 느낌
이었다.

자신이 기억하고 있는 할머니, 어머니의 맛과 상화의 평가

가 점점 수렴해가고 있었던 것이다.

아침 아홉 시부터 시작된 요리는 저녁 다섯 시까지 쉬지 않고 계속 됐다.

재료가 얼마나 쓰였고, 몇 그릇이나 만들었는지는 기억도 나지 않을 정도였다.

다만 여유롭게 구비해 놓았던 일곱 개의 뚝배기들을 전부 다시 씻어내고 사용하기를 서너 차례 반복했다는 것은 기억에 남아 있었다.

그렇게 무아지경에 빠진 것처럼 김치찌개와 된장찌개를 끓여내고, 서로 맛을 보기를 몇 번이나 반복했을까.

"어!"

기대 반 걱정 반으로 또다시 국물을 입 안에 집어넣던 상화의 표정이 변했다.

일순간 모든 것이 멈춰버린 듯한 그런 눈빛이었다.

"왜? 어때? 괜찮아?"

"너 이거, 레시피랑 다 기억하고 있는 거 맞지?"

"당연하지."

상화의 말에 현성이 고개를 끄덕였다.

지금까지 수 백 번도 넘게 찌개를 만들어오면서 현성은 단 한 번도 레시피를 기록하지 않았던 적이 없었다.

심지어 될 대로 되라는 식으로 막 만들었던 찌개까지도 레시피는 적혀 있었다.

"먹어봐."

상화의 말에 현성이 바로 옆에 놓여 있던 숟가락을 집어 들고는 한 움큼 국물과 건더기를 털어 넣었다.

오물오물. 꿀꺽.

"……!"

"알겠어? 어떤 맛인지?"

"…기다렸던 맛이야. 이 맛이야!"

현성이 쉴 새 없이 고개를 끄덕이며 답했다.

"야… 인간 승리다, 임마! 너 지금까지 몇 그릇이나 만들었던 거냐?"

"칠백 번, 그리고 육십삼 번."

"축하한다, 임마! 와우! 이 자식 진짜 해냈어! 미친 짓이라고 생각했는데!"

상화는 현성보다 더 자신의 일처럼 기뻐하며 환호성을 질렀다.

일하고 자는 시간을 제외한 모든 시간을 투자해 도전해 왔던 일이었다.

평범한 사람 같았으면 십수 번을 하고 나면 포기했을 일.

하지만 현성의 집념은 대단했고, 그 열정은 지칠 줄을 몰랐다.

실패를 자양분 삼아 성공을 향해 도전하는 원동력으로 딛고 일어나, 드디어 그 결과물이 현성의 앞에 나타난 것이다.

"뭐해, 임마! 밥 가지고 와! 이제 제대로 밥을 먹어야 될 게 아니냐!"

"하아!"

현성이 뜨거운 숨결을 토해냈다.

밥공기와 숟가락을 집은 두 손이 파르르 떨렸다.

기쁨, 그리고 후련함의 표현이었다.

오래전부터 꿈이라는 이름으로 담고 있던 생각들이 이제 결과물을 통해 현실이 되는 순간이기도 했다.

레시피의 완성과 그 기쁨을 잠시 미뤄둔 채, 현성은 계획해 두었던 다음 일을 준비했다.

어느 정도 '절대적인 맛'으로서 생각하고 있던 찌개를 만들어낸 것은 사실이지만, 이왕이면 다양한 사람들로부터 평가를 받고 싶은 것이 현성의 생각이었다.

평가를 해주는 사람의 숫자가 하나가 아닌 열, 열이 아닌 그 이상이라면 더 좋은 판단이 가능할 것이다.

반나절을 요리와 시식에 전념했던 현성과 상화는 저녁이 되자마자 매장으로 출근했다.

그리고 새벽녘에 일이 끝난 뒤, 상화는 완전 녹초가 되어 집으로 돌아가 쓰러져 잠이 들었다.

하지만 현성의 일은 지금부터 시작이었다.

완성된 자신의 레시피.

이른바 '현성 레시피'.

현성은 이 레시피로 만든 김치찌개와 된장찌개를 가지고 지난 2년간의 시간들을 동고동락하며 서로 의지가 되어주었던 작업소의 동료들에게 갈 생각이었다.

그 누구보다도 성실하면서, 또 의외로 맛에 민감한 사람들이었다.

미식가들은 그리 먼 곳에 있지 않았다.


                    *         *         *


호평의 연속이었다.

작업소장의 양해를 구해 일이 끝난 후, 저녁 타임에 맞춰 현성은 작업소의 사람들에게 정성스레 끓여간 된장찌개와 김치찌개를 대접했다.

하나의 레시피가 정립되니, 양을 늘리는 것은 별문제가 되지 않았다.

밥 한 숟갈.

그리고 시원한 찌개 국물 한 움큼.

모두가 하나같이 엄지손가락을 치켜 올렸다.

적게는 20대 후반에서 많게는 40대 후반까지 다양한 나이대의 사람들이 모인 공간이었지만, 평가는 한결같았다.

맛있다는 것.

돈 주고 충분히 먹어볼 만한 최고의 맛이라는 것.

이 사람들이 어설프게 미사여구를 갖다 붙여 현성의 기를 살려준다든가, 거짓말을 하는 사람이 아니라는 것쯤은 현성 본인이 더 잘 알고 있었다.

칭찬을 한다는 것은 정말 맛이 있다는 뜻이었다.

그리고 실제로도 모든 사람들이 한결같이 '맛있다'는 평가를 내렸다.

"조장님, 이 정도면 충분히 돈 내고 먹을 만하실 것 같습니까?"

"현성이, 내가 거짓말은 잘 못하는 거 알지?"

"물론입니다."

현성은 하마 조장에게 좀 더 자세히 평을 듣고 싶었다.

그는 소문난 미식가였다.

전국 팔도에 모르는 맛집이 없을 정도로 맛집 탐방에는 도가 튼 사람이었다.

작업소에서 나오는 월급은 가족들 생활비로 쓰고, 퇴근 후에 하는 부업에서 나오는 수입을 맛집 기행에 쓴다는 소문은 거짓이 아니었다.

그 정도로 맛을 좋아하는 사람이니, 평가도 냉정하고 확실할 터였다.

"자네가 어떤 양념을 쓰고 무슨 방법을 썼는지는 모르겠지만 맛만 놓고 보자면 젊은이들 표현을 빌어서 탑이야. 정말 맛있어. 맛집이 별거인가? 주력 메뉴 한두 개만 맛있으면 그게 전부인 거야. 그 맛을 못 내는 곳이 십중팔구니 망하는 음식점이 부지기수인거고."

"괜찮으십니까?"

"괜찮다마다! 그리고 보니 자네 예전에 술 한잔할 때 말했었지. 나중에 부모님으로부터 물려받은 비법으로 음식점을 할 거라고 말이야."

"예, 조장님."

"해도 돼. 하찮은 담보이긴 하지만 내 목숨을 걸지. 충분히 잘 될 거야. 왜냐구? 정말 맛있거든! 우리 마누라가 해주는 것보다 한 백 배는 맛있는 것 같다고! 하하하!"

하마 조장의 입가에는 미소가 가득했다.

맛있는 것을 먹고 난, 그 행복의 느낌이었다.

적정 가격이나 음식에 곁들여 나갈 반찬들에 대해서는 창업 준비 과정에서 고민할 생각이었다.

아직 급할 것은 없었다.

＊　　＊　　＊

다음날.

마침 휴일이었던 현성은 이번에는 호프집 사장의 동의를 얻어, 직원 전체 회식 자리를 만들었다.

역시 메뉴는 된장찌개와 김치찌개였다.

현성이 창업을 준비하고 있다는 것은 상화만 알고 있는 사실이라, 사장을 포함한 다른 직원들은 현성이 왜 뜬금없이 이런 대접을 하는지 궁금해 하기도 했다.

적당한 말로 에둘러 포장을 한 현성은 가장 중요한 맛 평가를 받기 위해, 기다렸다.

작업소의 사람들이 나이 든 남자들이 대부분이었다면, 호프 직원들은 대부분 20대에 여성들이 많았다.

전혀 다른 경우로서 평가의 기준으로 삼기에 좋은 지표였다.

"맛있어요!"

"우와, 이거 오빠가 만든 거예요?"

"김치찌개 진짜 어렸을 때 질리도록 먹어서 요즘은 안 먹었는데… 정말 맛있어요. 진짜예요!"

귀가 간지러울 정도로 호평이 계속됐다.

그렇다고 우쭐해지거나 자만해지는 건 아니었지만, 먹는 사람마다 호평을 해주니 현성도 덩달아 기분이 좋아졌다.

맛에 있어서 만큼은 요리사 출신이라 조예가 깊은 사장도 칭찬을 아끼지 않았다.

결과적으로 대성공이었다.

현성의 찌개를 먹은 사람 치고 마음에 들어 하지 않았던 사람은 단 한 명도 없었다.

              \*         \*       \*

"이제 시작해 볼 수 있겠어."

그날 밤.

현성은 어두운 방 안에 누워 홀가분해진 기분으로 입술을 질끈 깨물었다.

기나긴 시간이었다.

꼬박 2년에 가까운 시간을 오로지 일만 하며 보내왔던 현성이었다.

몸이 점점 지쳐갈수록 오히려 더 많은 일에 몰두하며 정면 돌파하려 했고, 아낄 수 있는 모든 것을 아껴가며 한 푼 한 푼을 차곡차곡 모아왔다.

그리고 마법에 눈을 뜨게 되었다.

마법은 새로운 전환점을 맞이하게 해주었다.

덕분에 더 많은 돈을 빠르게 모을 수 있었고, 꿈은 한층 더 가까워졌다.

이제 코앞이었다.

비용이 다소 빠듯하기는 했어도 이제는 창업을 함에 무리가 없었다.

              \*         \*       \*

준비는 급물살을 탔다.

일주일 뒤.

현성은 상하차 작업소에 이어 정들었던 호프집 일도 그만두었다.

사장은 이제 떼려야 뗄 수 없는 트레이드 마크가 되어버린 현성이 그만두는 것이 못내 아쉬웠는지, 월급을 좀 더 올려주겠다며 현성을 다독였다.

현성을 보기 위해 매장을 찾아오는 손님들도 적지 않았기 때문이다.

하지만 이미 오래전부터 계획이 있었던 현성에게 의미 있는 제안은 아니었다.

아마 모르긴 몰라도 현성이 떠나고 나면, 꿀맛 같던 맥주 맛도 사라지게 될 터.

안타깝긴 하지만 어쩔 수 없는 변화였다.

그래도 몇 달간, 현성 덕분에 매일매일 꼬박 만석을 채워가며 수익을 챙겼을 사장이었다.

이제 현성은 완벽한 백수로 돌아왔다.

창업 예비자.

바로 그때.

현성은 생각지도 않았던 지원군을 얻었다.

상화가 같은 시기에 일을 그만둔 것이다.

—어차피 서빙할 아줌마라도 쓸 생각 아니었냐? 네가 요리를 하면 서빙할 사람 하나는 있어야지. 날 써라. 돈 많이 달라곤 안 한다. 남들 주는 만큼만 줘. 밤에 안 자고, 아침에 자는 일은 이제 질렸어. 동생이랑 같은 시간에 자고, 같은 시간에 일어나 아침도 챙겨주고 싶다.

잠이니 동생이니 핑계를 댔지만, 현성은 상화가 자신에게 도움이 되기 위해 찾아왔다는 것을 누구보다도 잘 알고 있었다.

어렸을 때부터 마음을 나눈 친구는 아니었지만, 두 사람에게 알아온 시간은 그리 중요한 게 아니었다.

통하는 마음이 중요했다.

서로가 처한 비슷한 환경, 그리고 배려하는 마음의 궁합은 그 누구보다도 최고였다.

어쨌든 천군만마와도 같은 동반자를 얻은 현성은 더욱 힘을 냈다.

계약은 일사천리로 이루어졌다.

공실인 상태가 너무 오래 되었던 자리인 탓에 협상을 통해 보증금도 더 낮게 계약할 수 있었다.

현성의 나이가 사업을 구상하고 시작하기에 많은 나이는 아니었지만, 예전에 다양한 사업을 하던 아버지 덕분에 보고

들은 것은 많았다.

보증금과 집세를 계획했던 것보다, 깎고 나니 좀 더 금전적인 여유가 생겼다.

최상의 시나리오였다.

예비비는 많을수록 좋기 때문이었다.

지속적으로 재료를 공급받을 유통업체를 선정하고, 조리에 쓰일 주방공간과 손님들이 앉을 식사공간의 파티션을 나누고, 이에 알맞게 공사를 하는데 시간이 좀 더 들어갔다.

그 기간 동안 현성은 정해진 일정에 맞게 위생 교육을 포함한 창업에 관련된 모든 교육 일정을 밟았다.

상화는 현성의 짐을 덜어주기 위해 전단지에 쓰일 이미지를 뽑아왔다.

생긴 것과 달리 손재주가 꽤 있는 상화는 고전적인 냄새가 물씬 풍기면서도 한눈에 쏙 들어오는 이미지를 만들어왔다.

현성은 고민할 필요도 없이 상화의 도안을 인쇄소에 맡겼다.

창업을 위한 준비와 절차는 척척, 물 흐르듯 아주 자연스럽게 진행됐다.

그리고 그렇게 2주가 흘렀다.

5장
좋은 관심, 좋지 않은 관심

스르르륵, 팟.

화르르륵.

스르르르륵. 파팟.

샤아아아.

"하아……."

자신도 모르게 한숨이 터져 나왔다.

긴장이 잔뜩 섞인 떨리는 한숨이었다.

어느덧 내일이 오픈일이었다.

준비는 완벽하게 끝나 있었다.

이제 정식으로 문을 열고 손님을 받는 일만 남은 것이다.

마지막 점검 차원에서 다시 한 번 만들었던 찌개의 맛에도 변화는 없었다.

첫술을 뜨자마자 눈이 딱 뜨였던 그 맛, 최고의 맛 그대로였다.

현성은 자리에 누워 왼손과 오른손을 교차시켜가며, 마법을 번갈아 캐스팅해보고 있었다.

시작이 반이라고 했던가.

이제 내일이면 그 반이 이루어지는 순간이었다.

창업은 창업 한 이후보다 그 직전까지의 과정이 더 힘들다지 않던가.

현성의 경우도 마찬가지였다.

이것저것 신경 쓸 것이 많았다.

막상 문을 열면, 그때부터는 최고의 맛을 담아낼 수 있는 재료와 조리법으로 손님에게 음식을 제공하고, 재료가 떨어지지 않도록 관리만 하면 되는 것이다.

"단지 실생활에 필요한 것은 이런 마법뿐만은 아니지……."

한시름 덜고 나니, 잠시나마 소홀해졌던 마법에 대한 관심이 다시 눈을 떴다.

그럴 만한 이유도 있었다.

공사 기간 동안 현성과 상화는 미리 주변에 전단지를 돌리며, 신장개업할 날과 매장의 위치를 홍보하고 있었다.

전단지를 받아든 손님들의 반응은 냉담한 반응에서 적극적인 관심까지 제각각이었지만, 현성은 달리 신경은 쓰지 않았다. 어차피 음식점을 찾아오게 하는 발길은 '맛' 하나면 충분했으니까.

다만 신경이 쓰이는 것은 저녁 무렵이 되면 대로변을 어슬렁거리면서 다니는 수십 명의 양복쟁이들이었다.

"할머니, 저 사람들은 누구죠?"

"누구 말이여?"

"저기 양복 입은 사람들이요. 이런 거리에는 맞지 않는 옷차림인데요."

현성은 매장 오픈에 앞서, 같은 건물에 입주한 다른 상인들과도 계속 안면을 트고 있었다.

하나같이 좋은 사람들이었다.

다행스럽게도 같은 업종이어도 내용이 겹치거나 하지 않았고, 덕분에 오히려 서로가 시너지 효과를 낼 수 있는 그런 구조였다.

현성을 처음 만나고 인사를 나눈 어른들은 하나같이 현성을 예의바르고 성실한 청년이라 평가했다.

현성이 달리 그런 평가를 받기 위해서 의도적으로 행동을 한 것은 아니지만, 오래전부터 몸에 자연스럽게 밴 공경심이라던가 예의범절이 어른들의 눈에는 좋게 보인 모양이었다.

"흐음……."

현성의 질문에 김 할머니는 깊은 한숨을 내쉬었다.

김 할머니는 건물 사람은 아니었지만, 건물 앞에 작은 노점상을 내고 분식 장사를 하고 있었다.

"말씀해 주세요."

느낌이 좋지 않았다.

현성은 자신의 예감이 크게 틀리지 않을 것이란 생각을 했다.

"뭐긴 뭐겠어. 쌩 양아치 같은 놈들이제. 코 묻은 돈들 빨아다가 매일 밤 술 처먹는데 쓰는 놈들이여."

"돈을요?"

"총각, 아직 몰랐구만? 이쪽에 있는 상가들은 전부 저놈들한테 매달 자릿세랑 관리세 내는 거 말이여. 양철이파라고 하던데. 이름부터 딱 그럴 것 같은 놈들 아니여?"

"지금이 무슨 일제시대 종로도 아니고… 자릿세랑 관리세라니요? 그건 건물 주인에게만 드리면 되는 건데요."

"그게 그렇지가 않어. 저놈들이 매월 상납을 받는다니까. 제때 돈을 안 주면 진상 부리고, 통로 막고… 하는 진상 짓이 장난이 아니란 말이여."

김 할머니의 인상이 금세 찌푸려졌다.

그동안 시달린 것이 꽤나 많은 눈치였다.

다들 쉬쉬하는 분위기라 제대로 듣지 못했던 이야기.

김 할머니도 이야기를 하는 내내 주변을 두리번거리며, 목소리를 계속 낮추는 바람에 현성은 귀를 잔뜩 기울여 김 할머니의 이야기를 들어야 했다.

"할머니, 좀 더 자세하게 말씀해 주세요. 조용한 곳으로 갈까요?"

현성은 아무 생각 없이 나누던 밖에서의 대화를 접고, 자신의 매장으로 향했다.

공사가 거의 막바지인 매장 안은 마무리 작업을 남겨두고만 있는 상태였다.

지하인 데다가 구석에 위치한 덕분에 남들의 시선도 덜하고, 대화하기에는 충분했다.

"어휴… 말도 마. 왜 사람들이 쉬쉬하는 줄 알아? 괜히 씨부렸다가 불똥 튀면, 정말 죽도 밥도 안 남을 때까지 괴롭히는 놈들이라 그려."

"그러니까 매달 상납금을 받고, 그 상납금을 내지 않거나 비협조적으로 하는 매장에는 불이익을 준다는 건가요?"

"그거여. 와서 달랑 국밥 몇 그릇 시켜놓고 하루 종일 들러붙어 있거나, 괜히 앞에서 어슬렁거리면서 장사 방해하지. 그러면 손님도 하나도 못 들어오고 하루 장사 공치는 거여. 그럼 돈은 더 벌기 힘든 거고, 그럼 그 자석들한테 줄 돈은 더 빠듯하게 벌어야 하는 거제."

"…경찰서에 신고라도 하셔야지요. 그렇게들 안하시는 건가요?"

현성은 답답했다.

어른네들, 특히 나이 드신 분들은 문제를 해결하는 방법에 눈이 어두워 그랬을 수도 있다.

하지만 이 쪽 상권 전체가 할머니 할아버지만 있는 곳도 아니고, 젊은 나이의 사장들도 충분히 많았다.

현성이 유독 젊은 편이긴 하지만, 다른 사람들이 해결책을 못 찾을 정도는 아니었다.

"부질없는 일이여. 경찰이 뒤를 봐주는 데 무슨 소용이여. 경찰에 신고한 게 수 백 번도 더 된단 말이여. 그럼 뭐해. 경찰들 오기 전에 다 내빼거나, 딴청 피우면서 아무 일도 안한 것처럼 하는구만. 짜고 치는 고스톱이제. 우리들만 고통 받는 거여. 에휴……."

"이건 좀 많이 심각하네요."

현성의 인상이 잔뜩 찌푸려졌다.

절로 두 주먹에 힘이 실렸다.

이런 이야기들은 드라마 속의 픽션이거나, 아니면 수십 년 전의 일 정도라고 생각했던 현성이었다.

21세기도 훌쩍 지난 이 시점에서 조폭들, 그리고 자릿세와 관리세라니.

말도 안 되는 일이었다.

"답이 없는 거여. 그놈들이 싹 사라지지 않는 이상은 말이여. 경찰이 뒤를 봐주는 조폭이라니, 말 다했제."

"해결할 방법이 있을 거예요, 할머니."

"힘들 거여. 총각처럼 두 주먹 불끈 쥐고 놈들이랑 박치기했던 청년들이 한둘이 아니었어. 다들 어떻게 됐는지 알어?"

"상황이 나아지지 않는 걸 보면, 듣지 않아도 알 것 같긴 해요."

"그려. 다들 흠씬 두들겨 맞았어. 누가 팼는지도 몰러. 밤길에 뒤에서 뒤통수부터 후려갈기고, 죽기 직전까지 팼다는데. 아주 교묘한 놈들이여. 흔적도 안 남겨. 그렇게 반 병신으로 패고 나면, 다시 대들 마음이 생기겄어? 계속 따박따박 돈이나 주고 마는 거여. 총각도 적당히 타협혀. 이건 내가 총각을 정말 아끼고, 앞으로 장사가 잘 됐으면 해서 하는 말이여. 그래도 상납금만 잘 챙겨주면, 따로 진상은 안 부리는 놈들이여."

이미 김 할머니는 현실과의 타협을 끝낸 듯, 체념한 모습이었다.

이것이 단순히 김 할머니뿐만 아니라 이쪽 상권 전체의 모습이라 생각하니, 현성은 울화가 치밀었다.

창업을 앞두고 이런 이야기를 들어서가 아니었다.

현성이 가장 경멸하는 사람들.

진실되게 살지 못하고, 남들의 불행을 자신의 행복으로 바꿔 사는 놈들.

죄를 저지르고도 되려 떵떵거리며 활보하는 놈들.

그런 놈들을 현성은 용납할 수가 없었다.

지난 2년을 매일 일에 빠져 살면서도, 현성이 어머니와 아버지의 복수를 잊지 않았던 것은 그것 때문이었다.

사필귀정(事必歸正).

권선징악(勸善懲惡).

현성은 한 번도 이 단어의 뜻을 허투루 받아들인 적이 없었다.

＊　　＊　　＊

―공격 마법이야 무궁무진하지. 마법의 꽃은 사실 다른 게 아니야. 남을 죽이고 상처 입히고, 쓰러지게 만드는 것에 그 묘미가 있다 할 수 있다. 껄껄껄.

―그건 흑마법사들이나 하는 생각이에요, 여보.

―그럴 것 같소? 천만에. 대인 살상에 탁월한 공격 마법은 백마법이 흑마법보다 표본의 수가 두 배는 더 많소. 백마법사들이 대민지원이네 구휼(救恤)이네 하면서 포장하는 게 많기 때문이지, 실상은 백마법도 크게 다를 게 없어.

―무의미한 논쟁은 지난 10년으로도 충분하잖아요? 우리 제자의 이야기에 귀를 기울여 보자구요.

"스승님들, 대화 끝나셨나요?"

―끌끌, 이젠 그러려니 하거라. 그래, 공격 마법을 집중적으로 배우고 싶다 하였느냐?

"예, 이왕이면 눈에는 덜 띄고, 하지만 파괴력은 강한 그런 마법을 배워보고 싶습니다. 파이어 볼은 아무래도 주변의 시선에 한 번에 노출될 수 있으니까요."

―제자, 아니 이젠 좀 더 편하게 불러보자꾸나. 현성이라 하였지?

"예, 일리시아 스승님."

―그래, 예전부터 궁금한 게 하나 있었는데. 아직 네게 있어서는 마법을 다른 사람들 앞에서 보이거나 하는 것이 탐탁지 않은 거니? 어떻게 보면 네게 주어진 특별한 능력이라고도 할 수 있는데. 그렇지 않니?

"그렇습니다. 하지만 주목 받아서 좋을 건 없는 것 같습니다. 좋은 관심도 받을 수 있겠지만, 좋지 않은 관심도 함께 받을 수 있겠죠. 압도적으로 강한 힘을 가졌다면 경외(敬畏)의 대상이 되겠지만, 그렇지 않다면 오히려 누군가에게 이용을 당할 수도 있구요."

현성의 판단은 냉정하고 날카로웠다.

현실을 확실하게 꿰뚫어 본 판단이기도 했다.

눈 뜨면 코 베어가는 세상.

어제의 적이 오늘의 동지가 되고, 심지어는 친구 사이에도 구두로 오가던 약속들을 뒤집고 뒤통수를 치는 일이 허다한 세상이었다.

현성이 지닌 능력을 알리게 되면 과연 순기능이 더 많아지게 될까?

단언컨대 아니라고 할 수 있었다.

이를 이용하기 위해, 그리고 악용하기 위해 현성에게 접근해오는 사람들이 더 많아질 터였다.

현성은 자신이 충분하다고 생각하기 전까지는 자신의 능력을 스스로와 자르만, 일리시아가 아닌 그 누구에게도 보일 생각이 없었다.

―좋다. 그럼 네가 자신 있는 건 무엇이냐? 쌩주먹이냐? 아니면 치고 빠지고 내빼는 일이냐?

"둘 다 자신 있습니다."

현성이 자신감에 찬 미소를 지어보였다.

겉보기에는 얼굴 반반하고 슬림한 몸매를 가진 남자처럼 보이긴 해도, 지난 수년간 운동으로 다져진 몸은 충분히 단단했다.

블랙 힐 마법의 시전 덕분에 효과도 꾸준히 보는 중이었다.

학창시절에 합기도와 태권도를 틈틈이 배워둔 것도 수시로 연습을 되풀이하며, 몸에 익혀둔 상태였다.

중요한 것은 이런 능력들에 좀 더 시너지 효과를 안겨줄 마법의 보조였다.

―부인, 이건 내가 전담해도 되겠소?

―뭘 생각하고 있는지 알 것 같네요. 그럼 기록은 내가 전담할게요. 어때요?

―이의 없소. 끌끌끌! 제자야, 내가 또 왕년에는 마법뿐만이 아니라 한주먹 했던 사나이 아니겠느냐! 좋은 조합법을 알려주마.

자르만은 벌써부터 주먹이 근질거리는지, 마나석에 대고 퉁퉁 주먹질을 하다 일리시아의 따끔한 눈초리를 받아야 했다.

"알려주십시오."

―눈에 띄지 않는 좋은 마법을 고르자면 매직 미사일과 윈드 스피어가 있을 것이다. 둘 다 바람을 이용하는 마법이지. 매직 미사일이 강력한 운동량을 가진 원형의 작은 바람구체를 빠르게 날려 보내 타격하는 것이라면, 윈드 스피어는 바람으로 만들어진 길쭉한 창(Spear)를 날려 보내는 것이지.

"바람 계열의 마법……"

―그래. 둘 다 보이지 않는다. 정확히 말하자면 마나에 트여 있는 몸과 눈이라면 형체를 파악하기는 쉽지. 하지만 네 세계의 사람들이 그럴 리는 없지 않으냐?

"그렇습니다. 당연히 알지 못하지요."

―그럼 이 두 개로도 충분하다. 캐스팅부터 시전이 매우 짧기 때문에 별도로 시간을 벌 필요도 없다. 그리고 한 가지 더.

"이왕이면……"

―알고 있다! 이왕이면 육탄전에도 도움이 될 만한 게 없냐고 묻고 싶은 게지!

"예, 그렇습니다!"

현성이 능청스럽게 자르만의 말을 받았다.

자르만은 능글맞게 허풍떨기를 좋아하는 사람이다.

전혀 다른 두 성격의 스승을 모시다 보니, 현성에게도 자연스럽게 처세술이 생겼다.

자르만은 맞장구를 쳐주는 것을 정말 좋아한다. '당신의 말이 옳습니다'라는 뉘앙스만 풍겨줘도 충분한 것이다.

―당연히 있다! 아주 재미 보기 쉬운 마법이 있지. 바로 마나 건틀릿(Mana Gauntlet)이다.

"마나 건틀릿……."

―주먹을 더 단단하게 만들어주고, 그 주먹에 가해지는 모든 충격을 쉴드가 받아주는 것이지. 마법을 사용할 줄 아는 격투가들이나, 격투에 관심이 많은 마법사들이라면 종종 배우곤 하는 기술이다.

"제게는 더할 나위 없이 좋겠군요."

현성이 만족스런 표정을 지었다.

현성이 원하는 것은 자신을 지킬 수 있는 호신기술, 더 나아가 유사시에 언제든 사용 가능한 힘이었다.

머릿속에는 어느 정도 생각이 정리되어 있었다.

양철이파… 라고 불리는 되먹지 못한 폭력배 패거리들의

행동과 그 이후에 할 수 있을 법한 대처들을.

―바로 시작해 보겠느냐? 적당한 공터가 필요할 것이다. 수련에 적합한 곳으로 가자꾸나.

"예, 스승님."

공터라면 집 근처에는 충분했다.

현성이 일리시아, 자르만과 첫 인연을 맺었던 바로 그 장소였다.

* * *

저녁의 공터는 두말할 나위도 없이 한산했다.

한겨울인 탓에 나오는 사람도 없었다.

애초에 인적이 드문 곳에 날씨까지 추워지니, 은은하게 멀리서 스며들어 오는 가로등의 불빛을 제외하면 아무것도 보이지 않는 공간이 되었다.

―어렵게 생각할 것 없다. 즉각적이고 또 즉발(卽發)적이라 파이어 볼보다 더 단순하다. 견습 마법사가 파이어 볼보다 더 빨리 익히는 게 매직 미사일이지.

"어떻게 하면 됩니까?"

―애초에 매직 미사일은 깊은 곳에서 힘을 끌어올리는 그런 마법이 아니다. 아주 간단하게 만들어내는 것이 목표지. 매직 미사일은 다다익선이다. 좀 더 빠르게, 신속하게 만들어

서 적을 타격하는 것을 목표로 한다.

"알겠습니다."

자르만의 목소리는 진지했다.

매혹 마법이라든가 블랙 힐 같은 비전투 마법을 가르칠 때와 달리, 짙게 깔린 목소리였다.

—마나 홀에서 마나의 힘을 가져올 필요가 없다. 전신에 퍼져 있는, 정확히 말하자면 네 손 언저리에 있는 마나의 양이면 충분하다. 손끝에 있는 미량의 마나로 바로 손가락 위에 원형의 바람 구체를 만들어낸다고 생각해 보거라. 네 주변을 스치는 바람의 기운들을 모은다고 생각하면 된다. 그게 존재하든 존재하지 않든 간에.

"예."

자르만이 별도의 설명을 더 한 것은 아니지만, 현성의 몸은 이미 기억하고 있었다.

그것은 자르만과 일리시아로부터 마나와 마법 능력을 전수받을 때부터 자연스럽게 얻어진 것이었다. 무리 없이 의사소통을 할 수 있는 능력도 마찬가지인 셈이었다.

스으으으—

굳이 의식적으로 느끼려 하지 않아도 귓가를 스치는 바람의 기운이 느껴진다.

현성은 그 느낌을 바로 감지해서는 손끝으로 힘을 끌어왔다.

피핏.

작은 마찰음과 함께 동시에 현성의 오른손 검지 끝에서 원형의 무언가가 생겨났다.

—빠르군.

"이것입니까?"

—그게 매직 미사일의 핵이지. 바로 타격해도 충분한 효과가 있을 것이다.

"너무 작습니다. 손가락 한 마디도 안 될 것 같은 크기인데요."

현성이 고개를 갸웃거렸다.

표현 그대로 손가락 한 마디 지름의 원형 구체였다.

파이어 볼은 그 열기는 물론이거니와 구체의 크기만 해도 네다섯 배는 족히 되었었기 때문이다.

—백 번 질문해 봤자, 한 번 실행하는 것만 못하지. 해보거라. 못미더우면. 끌끌끌.

자르만이 특유의 끌끌거리는 웃음과 함께 현성의 시전을 기다렸다.

예상했던 반응이라는 눈치였다.

"후우."

현성이 한 번 심호흡을 했다.

정면에는 대상으로 삼을 만한 것들이 충분했다.

주인 없이 널브러진 모난 바윗돌들부터 해서 한아름 굵기는 족히 되는 수많은 소나무들까지.

"핫!"

현성이 검지 끝을 튕겨 정면의 소나무 방향으로 매직 미사일 구체를 날렸다.

샤아아아!

파공음과 함께 순식간에 날아간 매직 미사일.

파사사삭!

"……!"

눈 깜짝할 사이에 일어난 일.

현성은 한가운데 구멍이 움푹 패어 버린 나무줄기를 어렵지 않게 볼 수 있었다.

─적당히 한 것이 그 정도지. 좀 더 시간을 두고 구체의 크기를 키웠다면, 저 수준에서 끝이 나진 않았을 게다.

"…대단하군요."

─마법이 괜히 흑과 백을 가리지 않고 그 파괴력과 범위를 늘리기 위해 노력하는 것이 아니지.

"윈드 스피어는 어떻습니까?"

현성의 관심은 바로 다음 단계로 넘어갔다.

감탄스러웠다.

마법의 힘이란 이런 것일까?

아주 적은 힘을 들이고도 강한 파괴력을 만들어낼 수 있었다.

이런 힘이 완벽한 조절에 의해 필요한 곳에만 쓰일 수 있다면, 시너지 효과는 상상 이상일 것이다.

─끌끌끌! 역시 네 놈도 어쩔 수 없는 남자의 피가 흐르는 게다. 널 더 강하게 만들어줄 수 있는 힘이 궁금한 거겠지. 그렇지 않느냐?

"부정하지 않겠습니다. 제가 더 강해질 수 있다는 건, 그만큼……."

현성은 뒷말을 이어가려다 잠시 머뭇거렸다.

가슴속 한 켠에 항상 담아두고 있는 단어, 복수.

하지만 그 복수까지 시시콜콜 어린아이처럼 스승 앞에서 늘어놓고 싶지는 않았다.

물론 잊지 않을 단어이기도 했다.

─그만큼?

자르만은 현성의 머뭇거림에서 궁금증을 느낀 모양이었다.

"그만큼 높은 마법을 깨닫기 위한 발걸음이 될 테니까요."

현성이 적절한 비유로 말을 에둘렀다.

─클클클, 그래. 좋은 마음가짐이다. 자, 바로 넘어가지. 윈드 스피어는 그 날카로움이 실제의 창에 못지않아. 날카롭게 다듬을수록 치명적인 상처를 입힐 기술이 되기도 하고, 의도적으로 무디게 만들수록 다수의 적을 타격할 기술이 되기도 하지.

"이것도 지금까지 배워온 마법대로 연상에서 기인한 것입니까?"

―정확하다. 네가 일반 마법사였다면 연상이 아니라 기본적인 수식에 의거해서 캐스팅과 시전을 하는 과정을 거쳐야겠지. 하지만 우리는 네게 그런 불필요한, 아니 시간이 걸리는 과정들을 모두 생략시켰다. 그래서 더욱 편리한 것이지.

"하아."

현성이 심호흡을 하고 두 눈을 감았다.

언제든 자르만이 지시하는 대로 집중할 수 있는 상태로 만들기 위해서였다.

―매직 미사일과 달리 마나 홀에서부터 원동력을 만들어야 한다. 마나를 계속해서 순환시키고, 주변을 감싸고 있는 바람의 기류들을 네 손끝으로 계속 모아라.

"예, 스승님."

현성이 바로 준비에 들어갔다.

휘이이이! 휘이이이이이!

그러자 현성을 중심으로 바람의 기세가 매섭게 변하며, 이내 손끝으로 빠르게 기운들이 모여들기 시작했다.

어느새 현성의 주먹만 한 크기의 바람 기운이 생겨났다.

―사람의 심장을 꿰뚫는 날카로운 창끝을 상상해 보거라. 그것이 네가 손에 지닌 힘의 이미지가 될 것이다.

끄덕.

현성이 혹여나 집중이 흐트러질까, 고갯짓으로 답을 대신하고는 바로 다음 행동을 이어갔다.

스르르륵. 스르르륵.

그러자 손끝을 맴도는 스물거림과 함께 원형의 바람 구체가 점점 날카로운 창 모양으로 변해가기 시작했다.

파팟. 팟. 팟.

마찰음이 점점 강해졌다.

그럴수록 바람의 모양도 더 날카로워졌다.

잘 다듬어진 날카로운 창끝의 살기가 그대로 묻어나왔다.

─시전해 보거라.

"하앗!"

현성이 묵직한 손끝의 느낌을 털어내며, 이번에는 바윗돌을 향해 힘껏 윈드 스피어를 내던졌다.

샤아아아아아!

귓가를 찡하게 만드는 굉음이었다.

퍼어어억!

순식간에 이루어진 타격.

"……."

현성은 잠시 말을 잇지 못했다.

둔탁한 충격음이 뒤에 벌어진 광경은 금이 쩍 간 상태로 반토막이 나버린 바윗돌이었다.

그리 묵직한 굵기의 바윗돌까지는 아니었다 치더라도, 대상이 돌이 아닌 사람이었다면 어찌되었을지는 충분히 연상 가능한 결과물이었다.

　—검사나 기사, 마법사들이라면 정해진 방어술에 알맞게 이것들을 능히 튕겨 내거나 막아낼 수가 있겠지. 하지만 네가 대하게 될 평범한 사람들은 그 순간에 저승과 이승 사이를 오고가게 될 거다. 그게 마법의 힘이다. 너를 특별하게 만들어 주는 마법의 힘 말이다, 껄껄껄.

　자르만은 현성의 표정에 꽤나 만족하는 모습이었다.

　마법, 그리고 그 힘의 위력을 깨달아가는 다른 세계 사람의 모습을 보는 것은 흥미로움 그 자체였다.

　현성은 탄력을 받아 마나 건틀릿까지 단숨에 익혔다.

　마나 건틀릿은 구현 과정이 더 간단했다.

　이름 그대로 양손을 감싸는 단단한 마나의 장갑을 만들어 내는 일이었다.

　마나의 역할은 두 가지.

　손을 보호할 수 있도록 두터운 쉴드를 형성해 보호하는 한편, 단단하게 쉴드를 구축하여 주먹의 파괴력을 늘리는 일이었다.

　마나 건틀릿. 매직 미사일. 윈드 스피어.

　하나같이 현성이 지금 필요로 하던 마법들이었다.

　지금까지 배워왔던 마법들이 일반적인 생활에 필요한 마법들이었다면, 이제는 실전 마법이었다.

경우에 따라서는 충분히 살상(殺傷)으로도 이루어질 수 있는 힘을 얻게 된 것이다.

*　　　*　　　*

다음날.

드디어 현성이 지난 수년간, 꿈꾸고 또 꿈꿔왔던 자신만의 매장이 문을 열었다.

가격은 6천원.

메뉴는 된장찌개와 김치찌개, 그리고 여타 음식점이 그러하듯 주류와 음료류가 곁들여진 것이 전부였다.

현성은 자신 있는 두 메뉴에만 주력하기로 했다.

굳이 다른 것에 손을 댈 필요를 느끼지 못했던 것이다.

가격도 6천원이면 충분했다.

적절하게 가미되는 마법적인 요소들에는 돈이 포함되는 것이 아니었고, 매장에서 발생하는 인건비도 서빙을 해주는 상화의 인건비가 전부였다.

어지간한 음식점들에서 무언가를 먹으려면 7천원에서 8천원을 내야 하는 것이 요즘인만큼, 6천원이라는 가격은 그 자체만으로도 충분히 메리트가 있었다.

영화나 드라마 속처럼 첫날부터 손님이 바글거리며 문전성시를 이룬 것은 아니었다.

현성은 조급해하지 않았다.

자신 있었기 때문이다.

찾아오는 손님들을 친절과 미소로 환하게 맞이하고, 최선을 다해 주문이 들어온 음식을 대접하고, 돌아가는 손님들을 배웅하고.

그것이 전부였다.

매장 오픈 후, 1주일은 '적응기'라는 말이 어울리듯 전단지를 보고 맛을 살펴보고자 온 손님들이 많았다.

대부분의 손님이 당연히 처음 보는 얼굴들이었고, 저마다 이런저런 평가를 하는 모습이었다.

큰 변화가 시작된 것은 가게를 연지 열흘쯤이 되던 무렵부터였다.

현성은 방문하는 손님들에게 자신의 매장 정보와 위치, 그리고 SNS 주소가 담긴 명함을 한 장씩 건네주곤 했었다.

그리고 SNS 사이트에는 매장에서 팔고 있는 요리들을 맛깔나게 찍은 사진들과 기타 맛 요리에 대한 정보들을 다수 수록해 놓았다.

최근의 시류나 유행의 흐름이 SNS를 타고 확산되는 사례를 종종 보았기 때문이다. 특히나 맛과 관련된 요리 같은 경우에는 더더욱 그러했다.

그 효과를 본 것이 바로 열흘 정도가 지났을 무렵부터였다.

현성의 매장을 방문하고 난 고객들 중에는 당연히 여성 손님들도 많았고, SNS나 블로그를 통해서 활발히 활동하는 사람들이 많았다.

그것이 도화선이었다.

맛집 탐방, 맛집 리뷰, 맛집 소개 등등의 타이틀을 달고 극찬 속에 소개되기 시작한 현성의 매장은 입소문을 타고 날개 돋친 듯이 이름이 뻗어져 나가기 시작했다.

매장명은 '따뜻한 뚝배기 한 그릇'.

예전에 할머님이 나중에 당신의 요리를 만들어 팔게 된다면, 꼭 짓고 싶다던 이름이었다.

사람들은 줄임말로 매장의 이름을 '따뜻한'으로 부르곤 했다.

그게 어감에 착 감기는 모양이었다.

SNS의 폭발적인 확산력에 힘입어 현성의 매장은 열흘째를 기점으로 손님들이 끊임없이 몰리기 시작했다.

아침 여덟 시에 문을 열고, 자정이 되어서야 문을 닫는 긴 영업시간에도 불구하고 매 시간 눈코 뜰 새 없이 바쁠 정도로 손님이 몰렸다.

심지어는 손님의 발길이 단 한 번도 끊기지 않아, 현성과 상화가 한 끼 식사도 제대로 하지 못하고 하루를 꼬박 보낸 적도 있을 정도였다.

오죽했으면 자정에 폐점을 하자마자, 집에 돌아갈 힘조차 없어 매장 바닥에 간이 매트릭스를 깔고 바로 잠이 들었을 정도였다.

상화는 거의 기절에 가깝다 싶을 정도로 잠이 들었고, 현성은 힐링 마법을 한참을 시전하고 나서야 축 처진 몸을 회복시키고 잠이 들 수 있었다.

기분 좋은 피곤함이었다.

처음에는 요령 없이 일단 부딪혀 보자라는 생각으로 시작한 탓에 일처리나 요리 과정이 매끄럽지 못했다.

하지만 시간이 지나면서 눈치와 요령이 쌓이자, 주문을 처리하고 내보내는 정도에 있어서도 한결 속도감이 생겼다.

대책 없이 폐점 시간을 뒤로 미루거나 하는 것도 손을 보았다.

무작정 손님의 요청에 맞춰 폐점을 늦추는 것만이 능사가 아니었다.

그러다 보니 다음날 아침에 사용할 재료들을 새벽에 나가 장을 볼 시간이 부족했다. 상화 역시 잠을 청할 시간이 짧다보니, 강철체력인 녀석임에도 불구하고 힘에 부치는 모습이었다.

그래서 현성은 충분한 시간을 확보하면서, 한편으로는 손님들의 애타는 기다림(?)을 좀 더 자극할 만하도록 영업시간을 조정했다.

아침 9시에 개점.

그리고 저녁 10시에 폐점.

이 정도면 충분했다.

새벽에 일찍 나와 시장에서 신선한 재료들을 구하기에도,
그리고 함께 일하는 친구 상화에게 다음날을 위한 충분한 원
동력을 주기에도.

손님들의 불평불만은 없었다.

되려 현성이 예상했던 대로 전보다 줄어든 영업시간 때문
에 이젠 명문 맛집이 되어버린 현성의 매장에 대한 갈망만 더
욱 커져갔다.

입소문은 식을 줄을 몰랐고, 3주째에 이르러서는 모 방송
사에서 취재 요청이 들어올 정도였다.

맛집으로 소개된 유명한 곳이라면 늘 그렇듯, 로얄 로드
(Royal Road)를 밟기 시작한 것이다.

파죽지세였다.

현성의 '따뜻한' 매장은 순식간에 명물이 되었다.

덩달아 젊고 잘생긴 외모의 사장인 현성과 동료인 상화에
대한 관심도 커졌다.

뭐하나 아쉬울 것 없는 승승장구의 시간들이었다.

현성은 정해진 영업 시간 동안에는 매장 운영에 전념했고,
퇴근 후에는 SNS 관리 및 마법 공부에 전념했다.

자르만과 일리시아의 말대로 마법은 알기까지의 과정보
다, 알고 나서의 수련 과정이 더 길고 인내를 요구하는 것이
었다.

현성 스스로도 자신의 체내를 돌고 있는 마나 총량의 100%, 아니 50%도 채 끌어내지 못하는 느낌이었다.

비유를 하자면 화장실에 가서 대변을 보는데, 쏟아낼 수 있는 장의 힘이 부족해서 일을 보는 도중에 끊고 나오는 느낌이었다.

계속해서 마법을 반복 수련하고 있는 현성의 입장에서는 찝찝하기도 하면서, 한편으로는 오기를 자극하는 것이기도 했다.

눈코 뜰 새 없이 바쁘게 흘러간 시간.

문제는 없어 보였다.

그러는 사이 현성도 자연스럽게 김 할머니가 말해주었던 '그놈' 들에 대한 이야기를 깜빡 잊어버렸다.

아무 일도 없었기 때문이다.

하지만 폭풍전야(暴風前夜)라고 했던가.

현성이 모르는 곳에서 조금씩 갈등의 씨앗이 싹트고 있었다.

\*　　　\*　　　\*

"형님, 이번 달 금액입니다."

"얼마지?"

"3천만 원입니다, 형님."

"이 새끼가!"

퍼억! 퍽!

"끅! 끄헉! 끅!"

"내가 4천은 맞추라고 했지. 천만 원은 어디로 갔냐? 내가 맞추라고 한 말 못 들었나?"

퍼억! 퍽! 퍽! 퍽!

"큭! 끄으으윽! 죄송합니다, 형님! 끄으으윽……."

인적 없는 폐공장 건물 안에서는 연신 구타음과 비명 소리가 터져 나왔다.

무스를 잔뜩 발라 빗어 넘긴 30대 초반의 올백머리 사내는 자신보다 열 살은 더 들어 보이는 남자를 구둣발로 수십 번은 짓밟고 나서야 발길질을 끝냈다.

일방적인 구타에도 불구하고, 쓰러진 남자는 이렇다 할 저항도 하지 못하고 연신 고개를 숙이며 머리와 얼굴에서 피를 철철 쏟아냈다.

"난 충분히 목표를 채울 수 있을 거라 생각했는데?"

"끄, 끄으으윽… 그게 요즘 전반적으로 경기가 다들 안 좋다 해서……."

"우리가 자선사업가냐, 이 새끼야!"

뻐어어억!

"끄헉!"

우당탕탕탕!

분노에 찬 발길질을 얼굴 정면으로 받아버린 남자는 두어 바퀴를 굴러 나가떨어졌다.

그리고 거품과 피를 동시에 토해내며, 그 자리에서 눈을 까뒤집고 기절해버렸다.

"지하실에 처박아버려. 새끼, 아직도 정신을 못 차렸구만. 미친 새끼."

"형님, 여기."

"그래."

치이이이익—

후우욱—

넝마가 되어 질질 끌려 나가는 남자에게 시선을 주는 사람은 아무도 없었다.

모두의 시선은 바로 올백머리의 사내에게 집중되어 있었다.

사선으로 숙인 허리.

그 어느 누구도 사내의 눈을 정면으로 마주보지 못했다.

김양철.

올백머리 사내의 이름이었다.

1980년대 쯤이나 들어봤을 법한 '양철이파'라는 조직명의 주인공이기도 했다.

열 다섯 살의 어린 나이에 뒷골목 세계에 눈을 뜬 김양철은 흔히들 말하는 초고속 승진을 거쳐, 지금의 자리까지 왔다.

자신의 앞길을 가로막는 세력들은 철저히 짓밟았고, 도태된 실력자들은 일거에 처단했다.

양철이파의 보스도 원래는 따로 있었다.

김양철도 그 보스의 수하였다.

하지만 보스가 조직에서 벌어들이는 돈을 술과 여자에 헛되이 탕진하고, 조직원들을 돌보지 않자 김양철이 그를 몰아내고 조직을 접수한 것이었다.

대외적으로는 여전히 '실종' 상태인 보스였지만, 항간에 들리는 소문으로는 김양철에게 반죽음 상태까지 두들겨 맞고는 호숫가 어딘가에 버려졌다는 이야기가 떠돌았다.

두 다리에 무거운 쇠공을 묶어둔 탓에 시체가 떠오르지 않는단 얘기도 있었다.

김양철은 무턱대로 주먹질만 하고, 교도소만 실컷 드나드는 생각 없는 깡패가 아니었다.

그는 가장 먼저 조직을 접수하자마자 조직원들에게 술과 여자를 금지시켰다.

그렇게 헛되이 빠져나가는 돈을 틀어막은 뒤, 그 돈으로 대부업체를 차렸다. 밑천은 충분했기 때문이다.

동시에 김양철은 양적으로, 또 음적으로 인맥을 이용해 지역 경찰과 유대 관계를 맺었다.

그들과의 유대에 다른 것은 필요 없었다.

받아들고 섭섭하지 않을 정도의 돈이면 충분했다.

그렇게 지역 경찰도 한 편이 되었다.

신용 문제로 쉽사리 제1, 제2 금융권에서 돈을 빌리기 힘든 사람들은 부지기수.

김양철이 차린 '평화신용금고'의 문을 두드리는 사람은 많았다.

그리고 돈을 빌려가는 사람만큼, 이자로 거둬들이는 돈도 늘어났다.

김양철의 입장에서는 돈이 돈을 벌고, 돈이 돈을 낳는 그런 구조였다.

김양철은 더 욕심을 냈다.

경찰이 뒤를 봐주는 것을 방패 삼아, 구역 내 상권에서 관리비와 자릿세 조로 돈을 갈취하기 시작한 것이다.

그것이 방금 전, 부하에게 요구했던 4천만 원의 실체였다.

"후우. 내 계산이 맞다면 4천은 충분한데. 무슨 문제가 있지? 동구야, 말해봐라."

"예, 형님. 일단은 말입니다, 사정 봐달라면서 상납금 30만 원 안 맞추는 곳이 꽤 됩니다. 부대찌개 거리 있잖습니까. 거기에 노인네 셋은 벌써 두 달째 배째라고 안 내고 있구요."

"어차피 조만간 손 털 노인네들 아냐? 신경 쓸 필요 없어. 여차하면 날 잡고 하루 손봐주면 될 것이고."

"예. 그리고 아직 견적이 안 나와서 손봐주지 않은 곳이 하나 있습니다. 좀 껄끄러워서요. 거기만 조지면 형님이 원하시는 금액을 가까이 맞출 수 있을 겁니다."

"어딘데?"

후욱─

김양철의 눈빛이 번뜩였다.

보름 단위로 들어오는 정기 상납금은 '평화신용금고'의 든든한 밑천이었다.

돈 장사라는 게 즉각적으로 원금과 이자가 전부 회수되는 것이 아니기 때문에 여유자금은 많을수록 좋았다.

"따뜻한 뚝배기 한 그릇이라고 말입니다. 최근 맛집 방송이나 블로그에서 유명세 확실히 타는 곳이 하나 있습니다. 매일 손님들이 줄을 서서 먹는다고 합니다. 거기만 어떻게 잘 조지면 월 단위로 오백 정도는 빨아낼 수 있지 않을까……."

"근데 왜 가만히 있는 거냐? 그쪽 상권 관리는 내 손에 흙 묻힐 일 없게 너희 선에서 끝을 내라고 했잖아. 매달 내 밑에서 그렇게 받아 처먹었으면 밥값은 해야 할 것 아냐, 이 개새끼야!"

뻐어억!

말이 끝나기가 무섭게 김양철이 부하 최동구의 복부를 후려찼다.

호리호리한 체격의 김양철이기는 해도 힘은 장사였다.

게다가 그는 태권도 유단자였다.

김양철이 밑바닥에서부터 시작해 힘으로 실력자들을 찍어

누르면서 급상승을 이루어낼 때, 그 밑거름이 되었던 것도 바로 유단자의 경력에서 묻어나는 탁월한 육탄전 때문이었다.

"컥! 죄송합니다, 형님!"

"언제부터 그렇게 이것저것 재보고 겁먹는 놈들이 되었나. 어? 내가 그렇게 못 미덥나?"

"죄송합니다, 형님!"

"시정하겠습니다, 형님!"

"뭐가 죄송하고 시정이야? 애초에 그런 일을 안 만들면 될 것 아냐? 죄송하고 시정해야 할 것 같으면 미리 눈치껏 일들을 해결하란 말이야!"

"면목 없습니다!"

김양철의 얼굴이 붉어지자, 부하들은 아예 바닥에 엎드려서 고개를 조아렸다.

김양철의 눈 밖에 나면 어떻게 되는지 너무나도 잘 알고 있었기 때문이다.

그만큼 악명이 높았다.

물론 높은 악명만큼 그의 밑에 있음으로 해서 보장되는 수익도 많았다.

김양철은 자신의 사람들을 확실히 챙기는 남자였다.

그래서 넝마가 될 때까지 얻어맞고도 피를 토해내며 기어와, '제발 거두어만 주십시오' 하고 간청하는 것이 양철이파 조직원들의 현주소였다.

"내가 관심이 좀 부족했던 것 같군. 거기 이름이 뭐라고 했지? 따뜻한 뭐?"

"따뜻한 뚝배기 한 그릇입니다, 형님."

"동구, 그리고 진성이. 너희 둘은 오늘 중으로 그 매장에 관련된 정보는 다 챙겨와. 사장이 어떤 놈인지, 누가 일을 하고 있는지. 얼마나 입소문이 난 곳인지. 다 뽑아와. 알겠어?"

"예, 형님!"

"신속하게 준비하겠습니다, 형님."

말이 끝나기가 무섭게 두 사람은 부리나케 어디론가 향했다.

치이이익— 후욱—

김양철이 신경질적으로 입에 문 담배에 불을 붙였다.

그리고는 잔뜩 찌푸린 인상으로 연기를 들이켰다.

"일 처리하는 꼬라지들 하고는. 그리고 구영이랑 구명이."

"예, 형님."

"그 노인네들한테 전해. 이번 주 안으로 준비 안 되면, 그나마 성치 않은 다리 한 쪽도 못 쓰게 될 거라고."

"예, 형님."

듣기만 해도 무시무시한 말들.

하지만 김양철은 아무렇지 않게 몇 마디 말을 뱉어내고는 자신의 사무실로 다시 돌아갔다.

그는 피도 눈물도 없는 사람이었다.

돈만 될 수 있다면… 영혼쯤은 백 번이고 팔 수 있는 그런 남자였다.

*        *        *

"이번 달 월급 이체 확인 증이야. 그리고 이거 한 장 더 받아."

"뭐야, 이거? 혹시 한 달만 쓰고 나 버릴 생각이었던 거냐! 흑흑흑, 이렇게 해고되는 건가. 설마…….."

"열어보고나 말해, 임마."

폐점 후 정리가 끝난 시간.

현성은 상화에게 아침에 부리나케 은행에 들러 넣었던 상화의 월급 이체내역과 봉투 하나를 더 내밀었다.

"어디 한 번 볼까."

찌익—

상화가 심드렁한 표정으로 봉투를 찢었다.

하루 종일 눈 코뜰새 없이 바빴던 탓에 피로가 잔뜩 묻어나는 눈빛이었다.

"……!"

그 순간, 상화의 눈빛이 휘둥그레졌다.

봉투 안에 담겨져 있었던 것은 노란색 지폐 10장이었다.

50만 원인 것이다.

"좀 더 챙겨줘야 하는데, 이번 달은 오픈하자마자 세부터 시작해서 재료 구비하는 데 돈이 많이 들어갔네. 다음 달부터는 이번 달 지출에서 반은 줄어들 테니까, 더 넉넉히 챙겨줄게."

현성이 상화의 어깨를 토닥여주었다.

요령하나 피우지 않고 고생해준 고마운 동료였다.

현성은 돈 몇 만 원으로 상화에게 고마움을 표현하기에는 부족하다고 생각했다.

앞으로도 상화가 부족함을 느끼지 않도록 정해진 월급 그 이상을 챙겨줄 생각이었다.

"됐다. 일한 만큼만 받는 거야. 이건 보너스라고 하기에도 너무 많아."

상화가 고개를 저으며 봉투를 도로 내밀었다.

예상했던 반응이다.

녀석은 참 우직하고 정직하고, 또 성실하다.

정해진 길이 아니면 지름길이 있더라도 가지 않는 것이 상화였다.

현성은 바로 뒷주머니에서 미리 준비해 두었던 라이터를 꺼내들었다.

팟!

"뭐야? 어이, 지금 뭐하는 거야?"

"이미 내 손을 떠난 돈이야. 네가 필요 없으면 버리든가 태

우든가 해야지."

태연한 반응이 섬뜩하게 느껴질 정도로 현성은 표정의 변화 없이 봉투 바로 아래에 라이터 불을 당겼다.

"야, 얌마! 뭐하는 짓이야?"

"안 가져 갈 거야?"

화르르륵!

그러는 사이 봉투 아래에 불이 붙었다.

현성은 여전히 무표정한 얼굴 그대로 상화를 빤히 바라보고 있었다.

"아, 아, 알았어! 야아아아아아! 돈 탄다고! 얼른 꺼!"

"가져갈 거지?"

"알았다니까, 새끼야!"

"후후후."

그제야 현성이 굳어져 있던 표정을 풀고 입가에 미소를 머금었다.

툭툭툭.

불이 막 붙기 시작한 터라 적당히 봉투 끝을 비벼 문지르자 불씨는 금세 사그라들었다.

돈 봉투도 멀쩡했다.

정직한 상화가 보너스는 받지 않을 것이라 판단하고 생각해낸 현성의 재치였다.

그렇게 상화에게도 보너스를 챙겨주고 나니 마음이 한결

가벼워졌다.

자신과 함께 고생해 줄 동료가 곁에 있다는 것만으로도 힘이 되는 것이다.

"하아."

내일을 위해 상화도 먼저 퇴근하고.

가게 안에는 현성 혼자만이 남았다.

어느덧 시간이 흘러 새벽 1시를 가리키고 있었다.

야간에 문을 여는 곳이 없는 만큼, 건물은 전체가 조용했다.

불빛이 새어나오는 곳은 아직 현성이 퇴근하지 않은 여기 하나뿐이었다.

순식간에 흘러간 한 달이었다.

몸은 고단했지만 마음은 홀가분했다.

할머니와 어머니가 이루지 못했던 꿈을 자신이 대신 이뤄 냈다는 뿌듯함도 있었다.

하지만 지금 자신의 곁에 아버지도, 어머니도, 할머니도 없다는 사실이 못내 쓸쓸하게 느껴졌다.

문득 외로움이 밀려들었다.

지칠 줄 모르고 달려온 지난 시간들.

그리고 더욱 치고 나가야 할 앞으로의 시간들.

현성은 정확히 그 중간에서 찾아오는 묘한 공허함을 곱씹고 있었다.


"후후, 기분은 좋네."

그래도 매장 내에 구비해 둔 컴퓨터의 모니터 화면에 적힌 글들을 보니 기분이 한결 풀리는 느낌이었다.

달리 신경 쓰지 않는다고 해도, 역시나 세간에서 평하는 자신의 매장이 어떤 평인지는 궁금한 것이 또 사장의 마음이었다.

요즘은 매일 퇴근할 즈음에 하루가 멀다 하고 올라오는 '따뜻한 뚝배기 한 그릇' 매장에 대한 리뷰를 보는 것이 일상이 되어 있었다.


[맛집 리뷰 033] 따뜻한 뚝배기 한그릇, 찌개의 진수!

—장황한 글을 시작하기에 앞서 일단 평점 10점 만점에 10개 박고 시작하실게요! 백문이 불여일견이요, 이 글을 보는 순간 위치부터 기억하시라! 최강의 찌개 맛집 리뷰를 시작합니다!


[리뷰] 잊고 있었던 30년 전의 그 맛을 찾았습니다.

—우리네 아줌마 아저씨들이 어렸을 적, 집에서 오순도순 모여 먹던 김치찌개, 된장찌개 맛을 기억하시나요? 그곳에는 30년 전의 우리가 있습니다. 과거를 향한 여행, 지금부터 시작해 보죠.

새로 올라온 글들은 제목으로 남들의 시선을 확 잡아끌면서도 지나치지 않은 표현들로 좋은 호평을 이어가고 있었다.

누군가가 의도적으로 몇 줄 되지 않는 악플성 댓글을 남기는 것을 제외하고는 하나같이 호평 일색이었다.

특히 맛에 대한 표현은 더욱 다채로웠다.

아마도 그 효과는 현성이 가미시킨 '매혹 마법' 때문일 터였다.

클린 마법을 통해 불순물들이 모두 사라지고 청명한 물만 남아 재료로 쓰인 것도 한몫했을 터였다.

"그래, 굳이 내 스스로를 쓸쓸하게 만들 필요는 없어. 지금의 난 충분히 행복할 수 있는 것들을 많이 가진 사람이다. 하루하루 바쁘게 살 수 있는 것에 감사해야겠지."

현성이 두 주먹을 불끈 움켜쥐며 스스로 마음을 다잡았다.

오늘은 집으로 퇴근하고 싶지 않은 날이었다.

현성은 카운터 뒤의 창고에 놓여 있던 이동식 침대를 가져와서는 홀 앞에 놓고는 잠을 청했다.

툭. 투툭.

불을 끄는 것도 잊지 않았다.

그리고 어느새, 자신도 모르는 사이에 스르륵 잠이 들어 버렸다.

고단하지만, 그래도 즐거운 나날들의 연속이었다.

　　　　*　　　*　　　*

　"흐음… 이 동네가 맛이라면 더럽게 없기로 유명한 곳이었는데… 이제 좀 제대로 된 음식점이 들어왔나 보지?"

　"예, 형님. 진짜 반응이 폭발적입니다. 왔다간 사람 중에 맛 없다고 한 사람은 하나도 없다고 합니다."

　"매일 만 원이라고?"

　"예. 모르긴 몰라도 매일 매상 수백씩은 올리지 않겠습니까. 게다가 이게 사장이란 녀석의 얼굴입니다. 딱 봐도 어린애입니다. 스물한둘이나 되었을까 싶은데요."

　"정현성이라… 익숙한 이름은 아니로군. 이번이 첫 사업인 모양이지."

　"뭐… 그런 것 같습니다."

　김양철은 동구와 진성으로부터 넘겨받은 자료들을 주의 깊게 살폈다.

　집중하는 눈빛에서는 깊은 관심이 묻어 나왔다.

　"아직 얘기도 안 꺼냈다, 이 말이지?"

　"그게… 괜히 잘못 건드렸다가는 형님의 얼굴에 먹칠을 하는 그런 결과가 될 수도 있지 않을까 해서……."

　"구구절절하게 변명 늘어놓을 필요 없고. 어린놈이 어디서 저런 비법을 구해온 거지……."

　맛집은 맛이 돈이 된다.

음식점이 음식만 잘하면 된다는 이야기가 나오는 것도 그 때문이었다.

그리고 맛이 곧 돈과 직결되기 때문에 그 비법은 자신, 그리고 자신과 직접적으로 연결 된 혈연이 아니면 누구에게도 알려주지 않는 것이다.

김양철의 관심은 이 매장, 그러니까 현성의 가게 '따뜻한 뚝배기 한 그릇'에서 기대되는 수입과 제조 비법에 쏠려 있었다.

"언제 폐점이라고 했지?"

"밤 10시입니다."

"내일 인사 정도는 해두는 게 좋겠군. 용범이 정도면 적당하겠구만."

"용범 형님을 보내실 생각입니까?"

김양철의 입에서 '용범'이라는 이름이 나오자, 동구가 몸을 움찔거렸다.

김양철이 아주 교묘하게 그리고 꼬리를 남기지 않고 상대를 괴롭히고 일처리를 하는 스타일이라면, 용범은 앞뒤 가리지 않고 그야말로 '한 놈만 패는' 그런 스타일이었다.

그는 무법자(無法者)였다.

이미 쌓인 전과만 해도 나열해 놓기가 민망할 정도로 많았다.

오죽했으면 교도소를 들어가도, 같은 감방 동료들이 더 무서워할 정도였다.

사람을 죽이는 일도 용범에게는 그리 어려운 일이 아니었다.

이미 용범에 대해 지명수배령이 떨어진 마당이라, 더더욱 용범에게는 아쉬울 것이 없었다.

수 틀리면 죽이고, 돈이 있으면 빼앗고, 여자가 있으면 겁탈하고.

그는 아주 단순한 사고로 하루하루를 살아가고 있었다.

김양철은 그런 용범을 남들의 눈에 잘 띄지 않는 아지트에 숨겨주고 보호해 주었다.

그리고 궂은 일이 있을 때마다 요긴하게 녀석을 써먹곤 했다.

예전에 양철이파의 옛 보스를 처리할 때도 끝은 김양철이 맺었지만, 뒤처리는 용범이 했었다.

"어린 녀석들은 귀 간지럽게 살살 말해서는 못 알아듣는다. 확실하게 메시지를 전달하는 게 더 빠르게 먹히지."

"그럼 용범 형님께 전해두겠습니다."

"눈치껏 잘 처리하라고 해. 적당하게 겁만 주는 선에서 말이야."

"예, 형님."

"후후."

김양철이 만족스런 표정을 지었다.

정말 황금 노른자위였다.

어설프게 돌아가는 예닐곱 개의 작은 점포들을 족쳐 상납금을 받는 것보다, 여기 한 곳에서 나올 돈들이 훨씬 더 많아 보였다.

물론 처음부터 협조적이지 않을 것이라는 건 잘 알고 있었다.

이미 수도 없이 겪어본 일이다.

주인이라는 놈들은 왜 당신네들에게 쌩돈을 넘겨주어야 하느냐며 반항한다.

해결책은 두 가지.

적당히 손을 봐주고 길들이거나, 아예 장사를 할 생각조차 못 들도록 방해를 하거나.

양자택일, 그 어떤 방법으로 하든 지금까지 백기를 들지 않은 적은 없었다.

견디다 못해 점포를 매매하고 떠나는 사람들도 많았지만, 그 자리는 또 눈 먼 다른 인간들이 채우게 마련이었다.

함부로 떠벌리지 못하도록 입단속을 수시로 하는 만큼, 새로 들어오는 사람은 아무 정보도 얻지 못하고 들어왔다가 된통 당하고 울며 겨자 먹기로 상납금을 내곤 했다.

어느 길로 가든 결론은 양철이파로 들어오는 두둑한 상납금이었다.

김양철은 자신하고 있었다.

그리고 기대에 가득 차 있었다.

정말 제대로 된 맛집이 들어왔다!

그것은 곧 조직 운영에 밑거름이 되는 상납금의 증가를 의미했다.

용범이 알아서 양념만 쳐 놓으면.

자신은 그 양념 위에 손가락만 얹으면 되는 것이다.


*　　　*　　　*


다음날 밤.

여느 때와 마찬가지로 바쁜 나날들을 보내고 영업은 끝이 났다.

상화는 오늘 밤에는 여동생과 느긋하게 치킨에 맥주 한잔 하겠다며, 일이 끝나자마자 부리나케 집으로 간 뒤였다.

정산도 다 끝난 상태.

이제 마지막 점검만 하고 현성만 퇴근하면, 오늘 장사도 종료였다.

일일이 하나하나 다 계산을 한 것은 아니지만, 확실히 현성의 주머니는 빠른 속도로 채워져 가고 있었다.

솔직히 현성이 상상했던 것 그 이상이었다.

흔히들 '개업빨이 빠진다' 라는 것도 체감되지 않았다.

손님은 오히려 많아지면 더 많아졌지, 줄어들지는 않았다.

심지어 고려하지 않았던 예약 시스템까지 생각해 봐야 할 상황이었다.

더 나아가 현재 현성의 매장 바로 옆 점포도 얼마 전 공실 (空室)이 된 만큼, 확장을 할까 진지하게 생각할 정도이기까지 했다.

"후우!"

하루 일을 끝마쳤다는 홀가분한 느낌 때문일까.

현성은 자신도 모르게 뜨거운 숨결을 토해냈다.

오늘은 집에 돌아가는 대로, 스승님들에게 청해 새로운 마법을 배워 볼 생각이었다.

현성이 최근에 일을 하면서 느꼈던 것은 좀 더 일하는 속도를 빠르게 만들 수 있는 방법이 없는가 하는 것이었다.

주문이 들어왔을 때 요령껏 일을 처리하는 방법은 충분히 터득한 상태이기는 했다.

하지만 몸이 움직일 수 있는 반경이라던가 그 속도에는 분명 제한이 있기 때문에, 어느 정도의 '절대 시간'은 꼭 필요했다.

현성은 이런 부분을 극복할 수 있도록 민첩성이라든가 이동 속도를 향상시킬 마법이 없나 고민했다.

주방 내에서의 동선을 최소화 하는 것에도 한계가 있기 때문이었다.

상화는 주방에서 일할 아줌마를 하나 더 고용하는 게 어떻겠냐고 제안했지만, 그 정도까지 주문이나 해야 할 일이 심각하게 밀리는 것은 아니었다.

약간의 보완만 된다면, 지치지 않는 체력과 더불어 얼마든지 현성이 주방 내의 일들을 완벽하게 컨트롤 할 수 있을 것 같았다.

똑똑.

바로 그때.

매장 문을 노크하는 소리가 들렸다.

폐점을 하고 나서도 바로 문을 닫는 것이 아니기 때문에, 새어나오는 불빛을 보고 찾아오는 손님이 종종 있곤 했다.

아마도 그런 손님이리라.

현성은 조심스럽게 문을 열었다.

"손님, 죄송합니다만……."

"식사는 필요 없고. 당신이 여기 사장인가?"

"그렇습니다만?"

문을 열고 마주친 상대는 검은 양복을 말끔히 차려입은 거구의 남자였다.

현성의 키가 180cm를 넘는데도 불구하고, 머리가 하나는 더 있어 보였다.

어림잡아 2m는 족히 되어 보이는 것이다.

하대하는 말투 하며, 자신을 쩨려보는 듯한 눈빛이 손님으로서의 모습은 아니었다.

짐작가는 부분은 있었다.

김 할머니가 해준 이야기가 있기 때문이다.

"잠깐 얘기하는 데는 문제없겠지?"

"아직 집세를 낼 때도 아니고, 손님들로부터 컴플레인이 발생한 일도 없고. 할 이야기는 없는데요. 무슨 용건이신지부터 말씀해 주시겠습니까?"

현성은 태연하게 남자의 말을 받았다.

그러자 남자의 표정이 살짝 일그러졌다.

"준비 기간은 일주일 정도를 주도록 하지. 일주일 뒤부터는 우리 사무실에 관리비를 지급하면 된다. 그러면 지금보다 더 장사가 잘 되도록, 그리고 엄한 놈들이 해코지하지 못하도록 틈틈이 신경을 써주지. 금액은 보름에 이백, 월 사백만 원이다."

남자의 말은 처음부터 끝까지 하대에 무례한 어조였다.

"관리비는 매월 20일에 건물주 되시는 분에게 10만 원만 내도록 되어 있는데요."

"…지금 나랑 말장난하자는 건가?"

현성이 태연하다 못해, 시큰둥한 반응으로 대화를 이어가자 남자의 표정이 심하게 일그러졌다.

처음부터 생각했던 일이었다.

'자신들의 상권'이라고 생각하는 구역 안에 현성의 매장이 들어왔으니, 언젠가 관심을 가질 것도 예상한 일이었다.

"말장난은 당신이 하는 거지. 계약서에 명시된 돈이 아니면 난 그 누구에게도 헛되이 돈을 줄 생각이 없어."

"역시 젊은 놈들은 겁이 없군. 생각도 없고."

남자, 용범의 표정은 현성을 가소롭다는 듯이 깔보고 있었다.

용범의 입장에서도 예상했던 반응이었다.

어린놈들은 겁이 없다.

괜한 오기를 부리는 것이 멋인줄 안다.

"돈이 필요하면 정식으로 채용 요청을 해. 그러면 홀 서빙 정도는 거들게 해줄지도 모르니까. 그런 게 아니면, 남의 돈을 아무렇지 않게 넘보는 일은 삼가는 게 좋을 거야."

"좋은 패기야, 좋은 패기… 지금 지껄인 말은 나중에 주워 담겠다고 해도 그럴 수 없을 거다."

"남의 돈 빼먹을 궁리 하지 말고, 스스로 앞가림이나 할 생각이나 해."

"하하하하! 좋아! 그렇게 하지! 하하하하!"

용범은 현성의 당당한 반응이 되려 어이가 없었는지, 광소를 터뜨리며 어깨를 들썩였다.

그리고는 손사래를 치며, 어디론가 사라졌다.

"후우."

현성이 한숨을 내쉬었다.

얼추 다음 일도 예상이 됐다.

그냥 넘어갈 리가 없는 일.

언젠가 마주할 일이라 생각했지만, 가볍게 볼 문제가 아니었다.

하지만 생각은 확고했다.

타협할 생각도, 어설프게 놈들에게 돈을 쥐어줄 생각도 없었다.

차라리 끝을 보면 모를까.

찝찝한 느낌.

현성은 서둘러 매장 문단속을 끝내고는 매장을 나와 집으로 발걸음을 돌렸다.


*      *      *


집으로 향하는 길.

시가지를 따라 걸어가는 것이 불빛도 밝고 안정적이긴 하지만, 현성은 매일 야산 하나를 가로질러 가는 지름길을 이용하고 있었다.

인적이 거의 없다시피 하고, 가로등 불빛도 희미한 탓에 야산을 가로질러 반대 방향으로 넘어가는 사람은 거의 없다고 봐도 무방했다.

하지만 현성에게는 파이어 볼 마법을 통해 길을 밝힐 수 있는 능력도 있었고, 지름길을 이용하면 시간을 절반 이상으로

단축할 수 있는 만큼 애용하고 있었다.

저벅저벅.

"……."

―누가 네 뒤를 밟고 있구나.

"알고 있습니다."

자르만의 목소리가 들렸다.

때마침 현성의 모습을 지켜보려던 중, 현성의 뒤에서 느껴지는 검은 인영(人影)의 기척을 느낀 듯했다.

현성 역시 같은 느낌을 받았다.

그것도 살기가 가득한 느낌이었다.

언제부터인지 모르겠지만, 현성은 자신을 둘러싸고 있는 마나의 흐름을 통해 기척을 느끼곤 했었다.

마나의 존재에 눈을 뜬 현성에게는 세상에 공기만큼 널려 있는 것이 마나였다.

마나의 흐름이 갑자기 불안정해지거나, 바뀌는 느낌이 들면 그 위치에는 항상 사람이 있거나 길을 가로막는 장애물이 있곤 했다.

꼭 뒤를 돌아보지 않아도 기척을 느낄 수 있었던 건, 바로 그 때문이었다.

―조심하거라. 지금 당장 필요하다면 순간이동 마법을 알려줄 수도 있다. 일회성의 미봉책이겠지만.

"예. 하지만 아직은 필요 없습니다."

자르만은 혹시나 현성이 해를 입을까 걱정되는 모양이었
다.

하지만 현성은 고개를 저었다.

이런 일까지 스승의 도움을 받고 싶지는 않았다.

스승으로부터 받는 도움은 가르침 하나면 충분했다.

"⋯⋯."

현성은 묵묵히 산자락을 따라 걸으며, 뒤에서 느껴지는 기
운에 집중했다.

점점 그 기운은 가까워지고, 또 빨라지고 있었다.

이렇게 인적이 없는 야산 중턱까지 자신을 쫓고 있다는 건,
꽤나 독하게 마음먹고 뒤를 밟고 있다는 것이리라.

그렇게 걷기를 십분 여.

더욱더 시가지에서 멀어지고, 간간히 들려오던 자동차 소
리도 사라질 즈음.

타타타타탁!

기척을 최대한 숨기고 뒤를 밟던 발걸음의 정체가 모습을
드러냈다.

지이이잉!

미리 준비하고 있던 대로 현성은 바로 마나 건틀릿을 형성
시켰다.

"이 새끼—!"

목소리 첫 마디에 현성은 바로 상대방의 정체를 알아차렸다.

방금 전, 매장 앞에서 만났던 그 남자, 용범이었다.

시이이잉!

용범의 양손에는 달빛을 받아 시퍼렇게 빛나는 단도 두 개가 들려 있었다.

현성은 그 순간, 용범의 목적이 단순한 위협 정도가 아니라 정말 살인(殺人)에 이를 만큼 목숨을 노릴 수도 있겠다고 생각했다.

"하압!"

현성은 상대적으로 용범보다 작은 자신의 키를 이용하기로 했다.

일갈과 동시에 현성은 적극적으로 용범을 향해 몸을 굴렸다.

현성이 순식간에 몸을 낮추며 시야에서 사라지자, 전력을 다해 달려들던 용범의 두 단도가 후웅하고는 허공을 갈랐다.

빽! 뻐억!

그 순간, 회전을 끝낸 현성이 힘이 잔뜩 실린 주먹을 용범의 복부에 후려갈겼다.

"꺼헉!"

현성의 두 주먹이 연타로 복부에 꽂히는 순간, 용범은 오장육부가 뒤틀리는 느낌에 신음을 터뜨렸다.

평범한 원투펀치가 아니었다.

순간 힘이 풀려 들고 있던 단도를 놓칠 뻔했을 정도였으니까.

"고작 한다는 짓이 이거냐?"

휘리리리릭! 퍼억!

"쿨럭!"

용범이 비틀거리며 무게 중심을 바로잡으려는 사이, 현성의 발길질이 바로 이어졌다.

싸움은 속도전이다.

현성은 용범이 재정비를 할 시간을 주지 않았다.

현성의 오른발에 오른쪽 뺨을 그대로 강타당한 용범은 한 덩이 피를 토해내며 빙그르르 나가떨어졌다.

"하아압!"

현성이 다시 한 번 쇄도해들었다.

하지만 용범도 호락호락하지 않았다.

연이은 공격에 나가떨어지나 싶었던 용범은 이제야 정신이 바짝 들었는지, 이어서 날아든 현성의 주먹을 민첩하게 피해냈다.

샤아아악!

"크윽!"

눈 깜짝할 사이에 용범의 단도가 현성의 어깨 언저리를 스치며 지나갔다.

현성이 반사적으로 몸을 비틀지 않았다면, 어깨에 깊은 상처가 났을 수도 있을 일격이었다.

생각보다 양철이파의 수는 악랄해 보였다.

현성은 지금 눈앞에 마주하고 있는 용범도 용범이지만, 양철이파로부터 받게 된 좋지 않은 관심이 더 마음에 걸렸다.

이미 돌아올 수 없는 강을 건넌 느낌이랄까.

현성도 물러서고 싶은 생각이 없었다.

자신에게는 충분히 그놈들의 악행을 사라지게 할 수 있는 단죄(斷罪)의 힘이 있었다.

"마지막으로 경고하겠어. 지금 여기서 멈추고 돌아가, 보스든 그 누구든, 아무에게나 전해. 힘없는 상인들의 돈을 빼앗고, 마치 제 돈인 양 마음대로 쓰는 일은……."

"개소리 지껄이고 있네, 십새끼!"

현성의 말이 채 끝나기도 전에 용범이 다시 한 번 현성에게로 날아들었다.

그의 눈빛에는 살기만이 가득했다.

현성에게 두어 차례 얻어맞은 것만으로도 자존심이 크게 상했는지, 아예 끝장을 보겠다는 눈빛이었다.

"하압!"

현성이 기합을 내지르며 빠르게 뒤로 물러섰다.

상대가 칼을 쥐고 있는 만큼, 마나 건틀렛을 이용한 접근전은 득보다 실이 많아 보였다.

충분히 원거리에서 상대할 만한 기술이 있기 때문이다.

우우우웅!

현성이 정신을 집중하자, 순식간에 현성의 손가락 끝에 원형의 바람 구체가 생겨났다.

매직 미사일이었다.

하지만 이를 알 리 없는 용범은 현성이 공격도 방어도 아닌 자세를 취하자, 이때다 싶어 단검부터 앞으로 내뻗으며 현성의 가슴 언저리로 파고들었다.

"분명 경고했다!"

냉정한 외침.

동시에 현성의 손이 만들어낸 호선의 끝이 용범에게로 향했다.

샤아아아!

이어서 터져 나오는 파공음.

현성의 손끝을 떠난 매직 미사일의 구체는 순식간에 용범의 안면을 향해 날아갔다.

"야아아아압! 으커헉!"

그 순간, 용범의 목이 홱 뒤로 젖혀지며 머리부터 지면으로 나가떨어졌다.

영문을 알 리 없었다.

기세 좋게 현성에게 달려들던 용범은 아무것도 없는 허공에 마치 벽이 생긴 것 마냥, 안면을 정면으로 강타당하고는 나가떨어진 것이다.

"크억……"

코 언저리부터 얼얼한 기운이 느껴지는 것이 코뼈가 부러진 것 같은 느낌이었다.

입가를 타고 뜨거운 무언가가 흘러내리는 느낌.

피도 흥건히 나는 듯했다.

"씨발……."

용범의 입에서 절로 욕이 터져 나왔다.

망신도 이런 망신이 없었다.

파앗―!

그러는 사이, 현성은 이번에는 손끝에 윈드 스피어를 형성시켰다.

이미 자신을 죽일 기세로 달려들었던 적이다.

앞뒤를 생각할 필요도, 그럴 이유도 없었다.

"으아아아압!"

용범이 다시 자리를 박차고 일어섰다.

제대로 움켜쥔 양손의 단도가 더욱 날카로이 반짝였다.

계속 된 현성의 공격으로 자존심이 구겨진 마당에 이것저것 생각할 겨를이 없었다. 죽여 버릴 생각이었다.

후우우웅!

현성이 팔에 힘을 양껏 실어, 그대로 용범에게 윈드 스피어를 시전했다.

더욱더 강렬한 파공음!

현성에게 모든 시선이 집중되어 있던 용범은 아주 잠깐의

순간, 허공을 가르며 날아드는 희미한 형태의 창(槍) 같은 것
을 볼 수 있었다.

그리고.

뻐어어어억!

"꺼억!"

정확히 강타당한 복부.

방금 전 원투펀치로 맞은 것과는 비교도 안 될 정도의 엄청
난 충격이었다.

"꺼어억, 꺼억, 웨에에에엑!"

고통을 채 느끼기도 전에 아침부터 먹었던 것들이 단숨에
식도를 타고 올라왔다.

후두두두두둑!

핏물과 뒤섞인 토사물들이 어지러이 바닥으로 쏟아져 내
렸다.

불가항력이었다.

오장육부가 뒤틀리다 못해 터져 없어져 버린 듯한 엄청난
고통이었다.

할 수 있는 말이라고는 꺼억꺼억하고 신음 소리만 토해내
는 일뿐이었다.

풀썩!

풀려 버린 두 다리에는 힘조차 들어가지 않았다.

김양철이 용범을 보낸 것은 그의 실력이 어지간히 주먹

좀 쓴다는 녀석들도 별 탈 없이 매듭을 지어왔었기 때문이다.

수단과 방법을 가리지 않는 용범에게는 유단자든 뭐든 상관없었다.

죽지 않을 정도로 흠씬 두들겨 맞고, 결국 꼬리를 내리고 상납금을 바쳐온 것이 지금까지의 결과물이었다.

한데 이변이 생긴 것이다.

"……."

현성의 매서운 시선은 연신 속을 게워내고 있는 용범에게서 떨어지지 않았다.

그리고.

쉬이이이익! 뻐억!

후우우웅! 빠악!

매직 미사일 연타가 다시 한 번 용범의 왼쪽 옆구리와 사타구니 사이를 강타했다.

"꺼거거거걱……."

정신력으로 겨우 몸을 지탱하던 용범도 이것까지 버텨낼 재간은 없었다.

눈이 까뒤집힐 정도의 고통과 엄청난 충격.

용범은 입에 거품을 잔뜩 문 채로 자신이 토해놓은 찌꺼기들 사이에 얼굴을 파묻고는 쓰러졌다.

＊　　　＊　　　＊

"하아."

집으로 다시 향하는 길.

격렬한 한바탕 몸싸움을 치르고 난 뒤였지만, 현성의 옷은 어깨 언저리에 난 상처에서 흘러나온 약간의 피를 제외하고는 멀쩡했다.

넝마가 된 것은 용범이었다.

─네 목숨을 노리는 녀석들이 생겨난 것 같구나. 시원찮은 놈 같다만.

조용히 현성의 '첫 전투'를 지켜본 자르만은 현성의 가쁜 숨결이 사그라들자, 그제야 말을 조심스레 꺼냈다.

"저 정도면 웬만한 사람은 벌써 목숨을 잃었을 겁니다. 현란한 무술 솜씨도 결국 날카로운 검날을 막아내지는 못하니까요."

결코 가벼운 승리가 아니었다.

단도, 그것도 두 개를 들고 죽일 기세로 달려들었던 자와의 전투에서 얻은 승리였다.

마음 굳게 먹고 전투에 임한 것이긴 했어도, 현성 역시 가슴 한 켠 속에 두려움을 느끼고 있었던 전투였다. 목숨이 걸린 문제였기 때문이다.

─이 세계나 그 세계나 주먹 함부로 쓰는 놈들이 꼬이는 건

어쩔 수 없는 모양이구나.

"살기 좋아진 세상이라고 생각했는데, 제가 사는 세상까지 그렇진 않았던 모양입니다."

—마법을 좀 더 배울 필요가 있지 않겠느냐? 시간이 다소 걸리긴 하겠다만…… 블링크 마법 정도면 요긴하게 쓸 수 있을 것 같기도 한데.

"얼마나 걸릴까요?"

—이틀?

"이틀이면 늦습니다. 저놈만 쓰러진 걸로 끝날 문제가 아닐 텐데요."

너무나도 당연하게 현성은 예상할 수 있었다.

양철이파에서 보낸 사람이라면, 그리고 그 사람이 현성에게 흠씬 두들겨 맞고 쓰러졌다면?

다음 차례는 불 보듯 뻔했다.

—지금 이 상태로 충분히 되겠느냐?

"좀 더 속성으로 배울 수 있는 공격 마법을 하나만 가르쳐 주세요. 예전에 말씀드렸듯이, 이왕이면 눈에 잘 띄지 않는……."

즉각적인 효과를 보기에는 파이어 볼보다 좋은 것이 없을 터다.

불을 이용하는 마법인만큼, 단순히 마법에 받는 충격뿐만 아니라 '불'이 가져다주는 위협 효과가 클 것이기 때문이다.

하지만 현성이 원하는 상황과는 전혀 맞지 않았다.

기본적이면서도 좋은 공격 마법이지만, 너무 눈에 띈다는 것이 문제였다.

―후후, 그렇다면 속성으로 배워볼 만한 마법이 하나 있긴 하지. 바로 라이트닝 볼트다.

"라이트닝 볼트……."

―전격 마법이라 할 수 있지. 뇌전(雷電)의 힘을 사용하는 마법이다. 눈에 띄기는 하다만 순식간에 캐스팅과 시전에 이뤄지기 때문에 인지하고 난 뒤에는 이미 상황 종료지.

"매직 미사일처럼 원거리 시전이 가능한 겁니까?"

―끌끌끌, 물론이다! 마법의 묘미가 무엇인지 아느냐? 몸에 흙을 묻히지 않고도 적을 유린할 수 있음이다. 너 역시 방금 전의 전투에서도 그것을 지향하지 않았더냐? 난 네 스타일을 바로 알았느니라.

"가르쳐 주십시오. 시간은?"

―밤샐 준비는 되었느냐?

"물론입니다."

―서둘러 집으로 돌아가도록 하자꾸나. 간단하지만 반복적인 연습이 필요하니.

"예, 스승님."

현성이 좀 더 속도를 냈다.

이미 일은 벌어진 상황.

엎질러진 물이었다.

손님들이 보여주었던 좋은 관심은 현성에게 힘이 되고 행복함을 주었던 그런 관심이었다.

하지만 양철이파가 보여준 좋지 않은 관심은 이제 곧 다가올 시련과 충돌을 의미했다.

그렇다면 대비해야 했다.

애초에 타협할 생각이 없었던 만큼.

6장
눈에는 눈, 이에는 이

"……."

"끄으으으……."

"이 새끼가 용범이냐?"

"…예, 형님."

김양철의 표정이 일그러졌다.

불과 몇 시간 전만 해도 기세등등한 목소리로 사무실을 박차고 나갔던 용범은 없었다.

피투성이가 된 얼굴에 토사물을 뒤집어쓴 채, 뭐라 말도 하지 못하고 신음만 꺽꺽 토해내는 못난 놈만 있을 뿐이었다.

"갖다 치워라. 병신 같은 새끼……."

김양철이 욕지거리를 내뱉었다.

예상치도 못했던 결과였다.

나름 '해결사'로 활동해왔던 용범이 이런 험한 꼴을 당할 줄이야.

쥐도 궁지에 몰리면 고양이를 문다고 하지만, 쥐가 고양이를 물었다고 하기에도 민망해 보였다.

되려 고양이가 여유롭게 쥐를 문 것 같다고 할까.

물론 그 쥐는 바로 용범이었다.

"끄어어억……."

용범이 연신 신음을 토해내며, 부하들의 손에 사무실 밖으로 질질 끌려 나갔다.

빠드득.

절로 이가 갈렸다.

김양철 본인이 나선 일이 아니긴 했어도, 용범이 당했다는 것 하나만으로도 자존심에 큰 상처를 입은 셈이었다.

오른팔이 당했으니 당연한 일이었다.

"동구랑 밑에 애들 불러."

"예, 형님."

하지만 김양철은 감정보다는 이성이 앞서는 사람이었다.

가슴속 깊은 곳에서 울화가 치밀었지만, 김양철은 뜨거워지는 마음을 다스리고는 차분히 부하들을 소집했다.

"부르셨습니까!"

명령이 떨어지기가 무섭게 동구가 열댓 명의 떡대를 데리고 나타났다.

하나같이 빡빡 밀어버린 머리에 험상궂은 인상.

어지간한 성인 남자가 봐도 어깨를 움츠리고 자리를 피해줄 것 같은 험악한 인상이었다.

"내가 무슨 말 하려는지 알겠지?"

"예, 따끔한 맛을 보여주겠습니다."

"확실하게 손봐줘라. 알았어?"

"예, 형님!"

"어설프게 일 끝내고 올 생각이면, 와서 목숨 부지할 생각도 마라."

"에, 예엣!"

김양철의 살기 어린 눈빛이 자신들의 면면을 살피자, 모두가 지레 고개를 숙였다.

덩치는 자신들의 절반도 될까 말까 한 김양철이지만, 그는 공포의 대상이었다.

김양철이 직접 나서게 되는 일이 생기면, 그때는 정말 끝이다.

표적이 된 대상이 죽든가, 아니면 김양철이 죽든가.

둘 중에 하나였다.

새벽 다섯 시 경.

현성은 다시 매장으로 나오고 있었다.

피곤한 것은 없었다.

마법 수련 내내 틈틈이 시전해 둔 힐링 마법 덕분이었다.

자르만의 말대로 라이트닝 볼트는 속성으로 습득이 가능한 간단한 마법이었다.

파이어 볼과 캐스팅에서 시전으로 이어지는 과정이 95% 이상 유사했다.

다만 '전류'라는 것이 갖는 방향의 불확실성 때문에, 방향을 유도하고자 몇 가지 장치를 걸어두는 것이 특징이었다.

라이트닝 볼트를 정확히 분해해서 표현한다면 5%의 매직 미사일과 95%의 라이트닝 볼트가 전개되는 셈이었다.

아직 개점까지는 4시간이나 남은 시간.

재료도 충분하기 때문에 오늘은 유통으로부터 달리 입고될 재료도 없었다.

여덟 시 반을 즈음해서 아침 장사를 준비하고, 여유 있게 문을 열면 되는 날이었다.

하지만 느낌이 좋지 않았다.

현성은 혹시나 하는 생각으로 어제 한바탕 전투를 치렀던 산 중턱을 살폈다.

토사물과 핏덩이의 흔적들은 남아 있었지만, 용범은 없었다.

모르긴 몰라도 본인이 기어서 돌아갔거나, 아니면 조직의 다른 동료들이 와서 데려갔을 터.

김양철이 배알이 없는 리더가 아닌 이상에야 분명 예상되는 다음 절차를 밟을 터였다.

현성은 그 점을 걱정하고 있었다.

휘이이이―

새벽녘의 길거리는 한산했다.

술집은 현성의 매장이 위치한 번화가 외곽보다는 중심에 있었기 때문에, 이쪽은 자정만 지나도 불이 대부분 꺼져 으스스해지는 거리였다.

"들어가자!"

"......?"

이윽고 매장 건물 안으로 들어가는 길목에 다다랐을 무렵.

현성은 빌딩 입구에서 들려오는 목소리와 인영을 확인할 수 있었다.

어림잡아도 열 명 이상은 족히 되어 보이는 인원.

모두 머리를 빡빡 깎은 남자들이었다.

저마다 손에는 각목부터 해서 방망이나 망치 비슷한 것들이 들려 있었다.

현성은 순간, 아주 잠시 이런 생각을 했다.

지금 내가 살고 있는 세상이 2014년 대한민국 땅이 맞기는 맞는 건가?

무법천지(無法天地)였다.

아직 어둑어둑한 새벽이라고는 해도 당당하게 저런 것들을 들고 나타난 깡패들이라니.

목적지는 안 봐도 뻔했다.

타타타타탁!

현성은 재빠르게 움직였다.

매장으로 향하는 길은 빌딩 정문이 아닌 옆문으로도 있었다.

그쪽이 더 빨랐다.

눈치 좋은 손님들은 현성의 매장을 찾을 때, 옆문으로 들어와 남들보다 좀 더 빨리와 자리를 잡고 기다리곤 했다.

쿵쿵쿵쿵! 쿵쿵쿵쿵!

한 번에 너댓 개의 계단을 뛰어넘으며 현성이 빠르게 지하로 내려갔다.

따각따각. 따각따각.

동시에 반대편에서 구둣발 소리가 어지러이 뒤섞여 들려왔다.

소리만 들어도 눈으로 확인했던 수, 그 이상일 것이 분명했다.

"어? 저놈 아냐?"

그때, 현성과 눈이 마주친 선두의 남자, 동구가 손가락으로 자신을 가리켰다.

"ㅎㅎㅎㅎㅎ."

"용범 형님이 저런 놈한테 당했다니. 뭔가 비겁하고 얄팍한 수를 쓴 게 아니요?"

"그러게 말이다. 딱 봐도 조막만 한 놈인데."

동구와 부하들은 저마다 손에 든 몽둥이와 방망이를 만지작거리며, 현성을 향해 비소를 흘렸다.

열다섯 명.

현성이 파악한 숫자였다.

한바탕 싸운다면 싸워볼 수는 있었다.

하지만 여기는 현성의 매장뿐만이 아니라, 같은 층에서 함께 하루하루 열심히 살아가는 동료 상인들도 장사를 하는 곳이었다.

자신에게 겁줄 요량으로 찾아온 것이겠지만, 여차하면 욱하는 마음에 다 때려 부술 수도 있는 일.

현성은 시선을 다른 쪽으로 돌려보기로 했다.

아니, 이번 기회에 오히려 더 적극적으로 나설 생각이었다.

"원하는 게 뭐지?"

"용범 형님이 전달했던 메시지 그대로지. 꼬박꼬박 관리비만 바치란 말이야. 그럼 우리가 확실하게 뒤를 봐준다니까?

꼬마야, 세상은 그리 녹록치가 않아. 널 노리는 손이 많다구."

동구의 표정은 여유만만이었다.

동구의 눈에 현성은 그저 이제 갓 성인이 된 어린아이일 뿐이었다.

중학생 때부터 시작해서 조직 세계에서 20년 동안 잔뼈가 굵어온 동구의 눈에 현성은 그저 반항심 많은 청년일 뿐이었다.

왜 용범이 현성에게 흠씬 두들겨 맞았는지 이해가 안 될 정도였다.

"좋아. 그렇다면 말이야."

"호오? 협상 성립인가?"

좋아—라는 말에 생각보다 일이 술술 풀린다는 생각을 한 걸까.

동구의 입가에 미소가 가득해졌다.

"당신네들의 보스를 안내해 줘. 이왕 내가 관리비를 주고 보호를 요청할 사람이라면… 직접 보고 인사를 해야 도리 아니겠어? 앞으로의 파트너십을 위해서도 말이야."

"허허, 이놈, 생각이 박힌 놈이었구만?"

동구는 현성이 자신과 부하들의 규모에 지레 겁을 먹고 꼬리를 내린 것이라 생각했다.

그럴 법도 했다.

현성이 양손에 쓸 만한 무기를 들고 있는 것도 아니었고, 정말 보이는 것은 두 주먹뿐이었다.

제아무리 단단한 근육질로 다져진 몸이라고 해도 몽둥이 찜질에는 장사가 없는 법이었다.

"이왕 할 이야기면 빠르게 풀어가자구. 날 안내해줘."

"그럼 순순히 따라와 주실까?"

"그러지."

현성이 고개를 끄덕였다.

─호랑이를 잡으러 호랑이 굴에 들어가겠다, 이것이냐?

"엄밀히 말하자면 호랑이는 한 마리밖에 없겠죠. 나머지는 다 고만고만한 강아지들뿐."

상황을 지켜보던 자르만의 말에 현성이 속삭이듯 말했다.

직접 힘을 맞대고 싸운 것은 아니더라도, 현성은 느낄 수 있었다.

저 떡대들은 그저 이름 그대로 '떡대' 일 뿐이다.

보이는 모든 곳이 빈틈투성이었다.

민첩해 보이지도 않았다.

차라리 한바탕 전투를 치렀던 용범이 더 어려운 상대처럼 느껴질 정도였다.

자만도 오만도 아니었다.

현성이 냉정한 시선으로 판단한 현실일 뿐이었다.

그래서 현성은 정면 돌파를 생각한 것이다.

물론 상황에 알맞게 구상하고 있는 그림도 있었다.

그림 속에 저 떡대들은 스케치도 하기 전에 사라질 것들이기는 했다.


"장사 좀 잘 되나 봐? 얼굴도 반반하니… 젊은 나이에 사장질 하니까 여자들도 많이 꼬이겠어?"

"……."

"임마, 내 말 씹어? 이 새끼가……."

"철구, 임마! 동반자가 될 친구이시다. 나쁜 손버릇 좀 고쳐, 임마."

"앗! 예엣, 죄송합니다. 동반자 님이시죠. 끌끌끌."

용범이 제대로 매듭짓지 못한 일을 손쉽게 끝냈다는 생각 때문인지 떡대들은 연신 싱글벙글이었다.

혹시나 현성이 뒤를 노리려는 것은 아닌지.

아니면 품속에 칼이라도 숨겨두었다가 칼부림이라도 하려는게 아닌가 했지만, 그런 일도 없었다.

현성은 떡대들의 친절한(?) 안내를 따라 어렵지 않게 김양철의 사무실에 도착할 수 있었다.

말이 좋아 사무실이지 폐공장 안으로 들어가, 지하로 두 계단을 더 내려가야 나오는 그런 곳이었다.

작정하고 찾지 않는다면, 절대 이곳에 사람이 있을 것 같은 생각이 안 드는 장소였다.

불빛이 어두워 잘 보이진 않았지만, 메인 루트 이외에도 샛길이 여러 개 보였다.

　아마도 혹시나 경찰들의 단속이나 체포 과정 등등이 진행될 때, 유유히 빠져나갈 수 있도록 곁다리를 여럿 만들어 놓은 것이리라.

　—기회를 노리는 것이냐?

　끄덕.

　자르만의 물음에 현성이 고개를 끄덕였다.

　자르만은 아주 흥미롭게 상황을 지켜보고 있었다.

　제자의 재치는 생각 이상이었다.

　충분히 상대를 제압할 만한 견적이 나오는 만큼, 이참에 본거지에 들어가 승부를 보려는 것이었다.

　본인은 느끼고 있지 못하겠지만, 타고난 전투 마법사의 기질이 자르만의 눈에는 보였다.

　본능적으로 자신의 유불리를 알고, 그것을 상황에 알맞게 써먹을 줄 아는 판단력이 있었다.

　더 나아가 상대로 하여금 방심하도록 만드는 심리전까지도.

　쿵쾅쿵쾅!

　거구들이 한 계단씩 밟아 내려갈 때마다 지축이 들썩거렸다.

　낡은 계단인 탓인지 여기저기서 삐걱거리는 소리도 들렸다.

어수선한 상황.

현성은 바로 양 손에 라이트닝 볼트 마법을 캐스팅했다.

빠직!

"음?"

바로 그때.

현성을 뒤에서 따라가고 있던 떡대 둘이 현성의 양 손에서 번쩍이는 무언가를 보았다.

그리고!

터억!

드드드드드득!

"으끄아아아아아아악!"

"꺼억!"

현성이 일말의 망설임도 없이 두 손을 뒤로 뻗었다.

타겟은 바로 두 떡대의 물건이 달린 그곳이었다.

그 순간, 떡대들은 자신의 물건 끝에서 말초신경을 타고 밀려 올라오는 전류의 엄청난 파장에 눈을 까뒤집고는 몸을 부르르 떨었다.

생각을 하고 고통을 느낄 그럴 새가 없었다.

타격과 동시에 끝이었다.

눈 깜짝할 사이에 온몸을 회전한 전류는 단번에 떡대 둘을 골로 보내버렸다.

활화산처럼 입을 타고 터져 나오는 침거품은 덤이었다.

"뭐, 뭐야앗?"

"어어?"

발소리가 뒤엉켜 어수선한 와중에 벌어진 일이라 상황 파악은 현성의 생각보다 좀 더 늦었다.

이번에는 마나 건틀렛이었다.

워낙에 근거리인 탓에 매직 미사일이나 윈드 스피어를 쓰기에는 그로 인한 후폭풍이 현성에게 튈 염려가 있었기 때문이다.

후우우웅! 뻐억!

빠아아악!

터억!

"커헉!"

"우어어억!"

"왁!"

전광석화와도 같은 3연타.

두 놈은 마나 건틀렛으로 파괴력이 강화된 현성의 주먹을 나눠 맞았고, 한 놈은 현성의 노련한 발길질에 물건 한가운데 급소를 정확히 얻어맞았다.

풀썩!

쿠웅!

정교하게 노린 현성의 일격에 실패는 없었다.

순식간에 다섯의 떡대가 쓰러졌다.

현성은 더욱 속력을 냈다.

이제야 상황 파악이 된 떡대들이 계단을 타고 내려가다, 다시 현성을 향해 올라오고 있었다.

파앗!

매직 미사일.

즉발이 가능한 매직 미사일은 지금과 같은 교전 상황에서는 활용도가 좋았다.

티잉!

현성이 매직 미사일 구체를 튕겨냈다.

"이 새끼! 죽여 버리겠… 꺽!"

와득!

기세 좋게 현성에게 달려들던 떡대 하나가 이번에는 얼굴, 그것도 입으로 현성의 매직 미사일을 정면으로 받아냈다.

당연히 성할 리 없었다.

입 안 한가득 고인 침과 터져 나온 피를 동시에 토해내며 뒤로 나가떨어졌다.

빽 하고 소리가 날 때마다 하나씩 떨어져 나갔다.

들고 있는 방망이나 각목은 아무 짝에도 쓸모가 없었다.

떡대들의 공격이 닿을 만한 범위 안으로 현성이 진입을 허용하지 않았기 때문이다.

마법사 대 마법사라면 이런 자잘한 마법 공격은 쉴드 또는 다른 방법으로 쉽게 막아냈겠지만, 상대는 마법에 대해서는 아무것도 알지 못하는 그저 '주먹' 들 뿐이었다.

예견된 결과인 것이다.

"허……."

동구가 반쯤 벌린 입으로 멍하니 현성을 보고 있었다.

불과 몇 십 분 전까지 저자세로 일관하며 뒤를 따르던 어린 놈은 온데간데없었다.

살기 가득한 눈빛.

그 아래로 이미 열 넷의 떡대들이 도살된 돼지 시체마냥 널브러져 있었다.

두 다리는 강력 접착제로 붙여놓은 것처럼 움직여지지 않았다.

두려움과 공포가 엄습해 왔다.

자신의 운명도 쓰러져 있는 다른 부하들과 별반 다를 바 없겠다는 생각이 들었기 때문이다.

"어디에 있지? 당신네들의 보스라는 사람은."

"…이, 이, 이 새, 이 새끼……."

욕이라도 해서 겁을 주고 싶었지만, 이미 굳어버린 입은 잘 움직이지도 않았다.

뻐억!

"꺽!"

현성의 주먹이 전광석화처럼 동구의 복부를 강타했다.

순간 속이 뒤틀리는 충격과 동시에 역겨운 메슥거림에 턱

끝까지 차올랐다.

"다시 한 번 물어볼게. 어디에 있지?"

"……."

마지막 자존심일까?

현성이 다시 한 번 되물었음에도 동구에게선 답이 없었다.

하지만 현성의 주먹이 다시 한 번 뒤로 향한 뒤, 앞으로 뻗으려는 순간!

동구가 부르르 떨며, 떨리는 오른손으로 자신의 등 뒤를 가리켰다.

"끝, 끝, 하얀… 하얀 문을 지나서……."

"안내해."

"하, 하, 하지만……."

"아님 여기서 같은 꼴이 되던가."

"…제발 살려줘."

"그러니까 안내하라고."

동구의 애원에 가까운 목소리에 현성은 인상을 찌푸리며, 동구의 등을 툭 밀었다.

그러자 동구는 체념한 듯, 고개를 푹 숙인 채 김양철이 있는 곳으로 걸어가기 시작했다.

이미 전의를 상실한 동구에게 지난 수십 년간의 잔뼈는 아무런 쓸모가 없었다.

그저 지금은 호랑이 앞에 놓인 한 마리의 순한 양일 뿐이었다.

＊　　　＊　　　＊

"열어."

"……."

뻐억!

"끄윽! 끅……."

어느새 현성과 동구는 김양철의 사무실 앞까지 도착해 있
었다.

새어 나오는 불빛은 내부에 사람이 있음을 보여주고 있었
다.

"웬 놈이냐?"

그때.

문 안에서 목소리가 들려왔다.

그 순간, 동구가 뒤를 잡고 있던 현성의 손을 밀쳐내며 소
리치려 했다.

투욱!

"혀… 어억!"

아마도 형님이라 외치려 했을 터.

하지만 현성의 발차기가 좀 더 빨랐다.

지면에서부터 반시계 방향으로 호선을 그린 현성의 왼쪽

발등은 정확히 동구의 급소 한 가운데를 사정없이 후려쳤다.

　뻐억!

　현성은 그 상태로 비틀거리는 동구를 앞으로 걸어찼다.

　그러자 우당탕하는 소리와 함께 동구와 박살 난 문이 뒤섞여 바닥을 나뒹굴었다.

　"……."

　현성은 문이 열리고, 약 15m 정도의 거리를 마주하고 선 남자에게 시선을 돌렸다.

　양옆에 선 일곱 명의 사내들이 똑같은 곳에서 맞춰 입은 듯한 양복을 빼 입고 있는 것과 달리, 그는 여유로이 담배를 입에 문 채로 탄력성이 좋은 트레이닝복을 입고 있었다.

　"손님이 직접 찾아오셨구만?"

　놀란 기색이 가득한 다른 부하들과 달리, 김양철은 태연한 표정이었다.

　내심 김양철이 깜짝 놀랄 것이라 생각했던 현성은 당당한 김양철의 반응에 놀라면서도, 한편으로는 그에게서 시선을 떼지 않았다.

　"당신이 김양철이지?"

　"암암, 그렇고말고. 내가 김양철이지."

　"죽여 버려!"

　"잠깐―!"

　바닥에 널브러져 있는 동구의 모습을 보고 분개한 부하들이 달려들려 하자, 김양철이 손을 뻗어 막았다.

"할 이야기는 하고 나서 볼 일을 보도록 하지. 그래, 보아 하니 오는 길을 쑥대밭으로 만든 듯한데."

김양철이 현성의 어깨 너머로 보이는 계단 복도 쪽을 살폈다.

그 자리에는 동구를 제외한 열네 명의 떡대들이 흐트러진 짐짝처럼 널브러져 있었다.

"다른 말은 할 것 없어. 난 당신들에게 한 푼의 돈도 줄 생각이 없어. 관리비? 필요 없어. 그리고 무엇보다 당신들이 그런 돈을 가져갈 이유도 없고."

"그것뿐인가? 여기서 고개를 끄덕이면 협상 끝인가?"

김양철의 표정에는 별다른 변화가 없었다.

아주 사무적인, 무미건조한 시선이었다.

"한 가지 더."

현성은 물러서지 않았다.

쇠뿔도 단김에 빼라 했던가.

좀 더 강하게 나갈 생각이었다.

그것이 누군가에게는 '오지랖 넓은' 행동일지는 몰라도, 현성의 눈에는 반드시 바로잡아야만 하는 일이었기 때문이다.

"음?"

"우리 건물, 우리 상권 안에 있는 사람에게도 그런 부당한 돈은 요구하지 마. 당신네들이 합법적으로 돈을 벌 수 있는 수단을 찾아."

현성의 말에 김양철의 눈가가 찌푸려졌다.

"부당하다라… 잘 모르겠는데. 난 내가 받는 돈만큼 신경 써주고 있는데 말이야."

"손바닥으로 하늘을 가리려 하지 마. 지금부터라도 중단하는 게 좋을 거야."

"싫다면?"

"싸워야겠지!"

김양철의 말에 현성이 두 주먹을 불끈 쥐며 대답했다.

"당돌한 새끼!"

휘리리리릭!

팍!

그 순간, 김양철의 손에서 반짝이는 무언가가 날아들었다.

순식간에 현성의 귓가를 스치고 지나간 것은 날이 바짝 선 단도였다.

"와아아아아앗!"

그것을 신호로 김양철의 부하들이 현성에게 떼거리로 달려들기 시작했다.

뻐억! 빠악! 퍼어어억! 와드드드득!

쉴 새 없이 이어지는 격타음.

빠직! 파팟!

어지러이 나뒹구는 떡대들 사이에서 김양철은 현성의 모습을 유심히 살폈다.

일 대 다수의 싸움이었지만 현성은 전혀 두려움이 없는 눈치였다.

과정과 결과 역시 그러했다.

"……."

김양철은 현성의 모습에서 수상한 부분을 잡아냈다.

언뜻 보면 주먹 대 주먹의 싸움인 것 같아 보이지만, 자세히 보면 아니었다.

주먹이 닿기도 전에 부하들이 무언가에 얻어맞은 듯이 나가떨어지고 있었다.

현성이 손을 뻗거나 손가락을 튕기는 듯한 모션을 취하면, 어김없이 정면에서 비명 소리가 터져 나왔다.

김양철의 눈에는 보였다.

"그런 건가……."

그의 얼굴에서 묘한 표정이 묻어 나왔다.

그러는 사이, 어느새 김양철을 제외한 모든 양복쟁이들은 넉다운 된 상태로 바닥에 고꾸라졌다.

"후우."

현성이 흐트러진 옷매무새를 다시 바로잡으며, 김양철을 향해 뜨거운 숨결을 토해냈다.

김양철은 자신을 알 수 없는 표정으로 빤히 지켜보고 있었다.

마치 호기심에 가득 찬 것 같은 그런 표정이었다.

"일단은 한 번 붙어보실까!"

휘리리릭! 휘리릭!

말이 끝나기가 무섭게 김양철이 서랍 아래쪽에 숨겨 두었던 두 개의 단도를 연이어 현성에게 던졌다.

자신의 얼굴을 정면으로 노리고 날아드는 단검.

현성은 아직 쉴드가 넉넉히 남아 있던 양손의 마나 건틀릿을 그대로 얼굴 쪽으로 들어 올렸다.

팅! 티팅!

살갗을 파고드는 둔탁한 소리가 아닌 장애물에 가로 막힌 금속성(金屬聲)이 들려왔다.

현성은 방어 자세였던 상태에서 반시계 방향으로 몸을 회전시키며, 동시에 왼손에 매직 미사일을 캐스팅했다.

그리고.

쇄애애애애앵!

차가운 폐공장 지하의 공기를 가르며, 바람 구체가 김양철을 향해 날아들었다.

순식간에 벌어진 일.

싸움터에서 잔뼈가 굵은 김양철도 초단거리에서 날아드는 매직 미사일을 막아낼 재간은 없었다.

애초에 잘 보이지도 않는 공격이었다.

뻐억!

"커헉!"

와당탕탕탕!

그나마 반사적으로 양손을 교차시킨 덕분에 충격이 줄어들긴 했지만, 완벽히 막힌 것은 아니었다.

그 상태로 뒤로 밀려난 김양철은 놓여 있던 책장과 뒤섞여 나자빠졌다.

"컥! 으윽!"

김양철이 신음을 토해냈다.

현성은 다시 한 번 방어 자세를 취했다.

방금 전에도 아무런 망설임 없이 자신에게 단도를 날렸던 김양철이었다.

자신의 뒤를 쫓았던 용범처럼 김양철도 수단과 방법을 가리지 않을 가능성이 높았다.

아니나 다를까.

휘릭! 휘리리릭!

마치 사무실 안에서 전투가 벌어질 상황을 대비라도 해놓았던 것처럼, 김양철은 이번에는 책장의 책들 사이에서 단도 두 개를 꺼내 들었다.

예상치 못했던 장소에서 튀어나온 흉기.

다시 마나 건틀렛을 형성시키기에는 시간이 부족했다.

현성은 바로 자세를 숙이며, 동시에 문 쪽 방향으로 몸을 날렸다.

쉬리릭!

쨍그랑! 빠지직! 빠직!

목표물을 놓친 두 개의 단도는 허무하게 허공을 가르며 복도 저편에 떨어졌다.

그사이, 또 한 번의 타격음이 있었다.

그리고 지하 사무실 전체를 비추던 중앙등 전구가 깨져 나갔다.

"다시 볼 날이 있을 거다. 지금은 아닌 것 같지만. 후후."

숨겨진 뜻을 알 수 없는 김양철의 목소리가 들려왔다.

투타타타탁!

그리고 목소리와 함께 발소리는 현성이 있는 자리가 아닌 정반대의 방향으로 점점 멀어졌다.

끼이이이! 쿵!

철컥! 철커덩!

이내 문이 열리고, 다시 닫히고, 또 잠기는 소리가 들렸다.

김양철이 도망간 것이다.

\*     \*     \*

얼마 뒤.

요란한 사이렌 소리와 함께 경찰차들이 몰려왔다.

폐공장 건물에 다수의 폭력배들이 기거하고 있으며, 수상한 거래 현장을 여러 번 보았다는 인근 주민의 신고가 있었던 것이다.

평소에 김양철의 뒤를 봐주던 경찰들이었지만, 이번엔 어떤 바람이 불었는지 신속하게 신고를 받고 출동한 모양이었다.

경찰들이 도착한 폐공장에는 이미 현성에게 흠씬 두들겨 맞아 널브러진 떡대들만 가득했다.

경찰들은 순식간에 폐공장 전체를 에워쌌고, 동시에 공장 내부를 이 잡듯이 수색했다.

그 과정에서 밀수를 통해 몰래 들여온 마약과 대마초가 공장 한 구석에서 대량으로 발견됐다.

경찰의 비호 아래 김양철과 그의 부하들이 몰래몰래 챙겨 두었던 것들이 모두 까발려진 것이다.

하지만 그 자리에 김양철은 당연히 없었다.

현성 역시 자리를 뜬 후였다.

덕분에 애꿎은(?) 부하들만 이 모든 상황의 덤터기를 쓸 수밖에 없었다.

당장에 체포로 인해 발등에 불이 떨어진 마당에 자신들이 현성 한 사람에게 이런 꼴이 되었다고 말할 수 있는 처지도 아니었다.

알맹이가 빠지긴 했어도 현행범으로 엮어 넣을 수 있는 증거물들과 깡패들이 일거에 체포되었으니, 양철이파가 순식간에 공중분해가 된 것은 당연했다.

지하 은신처에 몸을 숨기고 있던 용범도, 수사 과정에서 감형을 약속받고 술술 털어놓은 다른 떡대들에 의해 바로 체포됐다.

단지 때가 잘 맞았던 것뿐인 걸까.

생각보다 많은 마찰과 충돌을 예상했던 현성은 양철이파가 때마침 나선 경찰들에 의해 완전 분해가 되자, 의아해하면서도 한편으로는 후련했다.

"음……."

하지만 현성의 관심은 다른 곳에 더 가 있었다.

평화신용금고
당신의 든든한 동반자가 되겠습니다.
부담 없이 문의해주세요.
항상 기다리겠습니다.

김양철이 도망치고 텅 빈 사무실 안에서 현성이 가지고 나온 것은 서류철에 꼼꼼하게 정리정돈 되어 있던 서류들과 명함이었다.

평화신용금고.

이름이나 명함만 보아도 대부업체의 이름이라는 것을 어

럽지 않게 알아차릴 수 있었다.

김양철이 급하게 자리를 뜨면서 채 숨기지 못한 자신의 흔적이었다.

하지만 현성의 표정을 더 심각하게 만든 것은 명함이 담겨 있던 서류철에 함께 들어 있던 다른 서류들이었다.


(주) Happy & Love

2013년 12월 사업 계획서

…(중략)…

내부 사업 키트 판매 대출 건 : 평화신용금고 김양철 이사

내부 사업 키트 VIP 판매 건 : 씨앗컨설팅 천진철 전무

자격 미달 판매 라인 정리 : 공형식 주임

…(중략)…

이상 금월의 전담 분야 및 담당자를 다음과 같이 통보합니다.

실적 개선에 더욱 전념하는 송년의 시기가 되길 기원합니다.


(주) Happy & Love 대표이사 정영숙

주식회사 해피 앤 러브.


현성에게는 익숙한 회사 이름이었다.

그럴 수밖에 없었다.

자신 그리고 어머니와 너무나도 밀접한 관련이 있던 곳이

었으니까.

바쁜 일상의 틈에 가려져 잊고 있었지만, 어머니와 관련 된 놈들의 회사 이름을 기억 못하는 것은 아니었다.

행복과 사랑.

너무 쉬운 단어들이라 잊고 싶어도 기억에 남아 있는 이름이었다.

현성과 두어 번 교전을 치루고 난 뒤, 마치 대비라도 하고 있던 것처럼 자리를 떠나버린 김양철도 김양철이지만.

현성은 김양철과의 연관 고리에 평화신용금고라는 대부업체가 있고, 그 대부업체의 연결고리가 주식회사 해피 앤 러브라는 사실에 놀라움과 분노를 동시에 느꼈다.

바쁘게, 그리고 치열하게 살아온 일상 사이에 묻혀버린 과거들이 단번에 터져 나온 것이다.

현성이 늘 가슴 속에 한이 서린 칼처럼 품고 있던 복수의 대상은… 그리 먼 곳에 있지 않았다.

7장

드러나는 어둠

"오늘도 칼퇴근인가? 나랑 같이 퇴근했던 적이 많지 않았던 것 같은데."

"정산도 바로 시간에 맞춰 끝냈고. 오늘은 빨리 집에 돌아가서 푹 쉬고 싶다."

"그러냐. 고생했다."

"네가 고생했지."

"헛소리 한다. 고생은 사장님이 다 하는 거고, 놀고먹는 건 직원이 다 하는 거다. 킬킬킬! 들어가, 현성아. 고생 많았다."

"조심해서 가."

"오냐!"

폐점 시간에 맞춰 정산과 정리까지 모두 끝내고 나온 현성은 바로 집으로 발걸음을 돌렸다.

상화는 현성과 집의 방향이 반대인 탓에 나오자마자 인사와 함께 갈라진 길을 따라 서로 멀어져 갔다.

"후우."

절로 한숨이 터져 나왔다.

일단 김양철이 일부러 거짓말을 할 생각으로 서류를 놓은 것이 아닌 이상, 그가 운영하는 평화신용금고와 해피 앤 러브는 밀접한 연관 관계가 있어보였다.

어머니의 사후, 경황이 없던 와중이라 미처 관련 된 서류를 못 챙겼던 것을 두고두고 후회하는 중이었다.

하지만 기억은 여전히 남아 있었고, 그 기억의 흔적들이 눈앞에 있었다.

평화신용금고의 소재지를 파악하는 것은 어렵지 않았다.

반듯한 홈페이지도 가지고 있었다.

"바보가 아닌 이상 얼굴 드러내놓고 영업하고 있지는 않겠지."

김양철을 추적할 방법을 찾던 현성은 자연스레 평화신용금고가 있는 건물 사무실을 생각했다.

하지만 정말 '바보가 아닌 이상' 김양철이 거기서 언제 찾아올지 모르는 현성을 마주할 리 만무했다.

현성의 어머니와 자신의 대부업체, 그리고 다단계 회사가 관련된 것까지는 모른다 하더라도, 본인이 평화신용금고와 연관이 되어 있다는 것은 조금만 조사해도 나오는 결과물이었기 때문이다.

현성은 일단 그래도 평화신용금고를 한 번 찾아가 볼 생각이었다.

영업이 정상적으로 이루어지는 오전, 오후 시간이라면 너무 정직한 접근이다.

영업이 끝나고, 셔터가 내려가는 시간.

그러니까 밤부터 새벽까지의 시간을 노릴 생각이었다.

지레 아무것도 없을 것이라 판단하고 포기하는 것보다는 한 번쯤 부딪혀 볼 필요가 있었다.

"스승님, 계십니까?"

현성이 평소와 다른 반쯤 잠긴 목소리로 자르만과 일리시아를 불렀다.

예전에는 마치 기다리고 있었던 것처럼 바로 스승들의 대답이 들려오곤 했는데, 요즘은 그 사이의 대기 시간이 꽤나 있었다.

물론 서로 다른 생활 패턴이라던가 개인적인 이유 등등 여러 가지가 있겠지만, 마치 무전 교신을 보내놓고 답이 올 때까지 기다리는 그런 느낌이었다.

현성은 모르고 있지만, 현성의 행동이나 대화 등등은 모두 마나 구체가 기록하고 있었다.

시간이 지나도 CCTV나 녹화 파일은 되돌려 볼 수 있는 것처럼, 일리시아와 자르만은 언제든 기록된 것들을 다시 확인할 수 있었던 것이다.

─일이 끝난 모양이로구나. 너무 무미건조한 일상이지 않느냐. 자고, 일어나고, 일하고, 끝나고, 다시 자고. 진득하게 마법에 전념할 시간이 부족해 보이는구나, 끌끌끌! 제자를 잘못 선택한 게야… 어험.

자르만이 은근슬쩍 현성에게 눈치를 줬다.

마법사 스승이 제자에게 마법을 가르치는 것은 그 자체가 행복이다.

처음에는 마법 하나를 배울 때마다 신기해하고 어쩔 줄 몰라 했던 현성의 반응이 점점 무디어져 가자, 마치 남자 친구의 사랑이 식었다며 보채는 어린 여자 친구마냥 자르만도 묘한 서운함을 느꼈던 것이다.

자르만, 그리고 일리시아가 보기에 현성은 마법적인 능력을 습득하는 데 있어서는 타고난 인재였다.

아무리 가진 그릇이 크다고 해도 이를 활용할 수 있는 능력이나 판단력, 눈치가 없다면 개인 편차가 클 수밖에 없다.

현성은 하나를 알려주면 그 하나로 열을 응용할 수 있는 능력 있는 제자였다.

그래서 일리시아와 자르만이 계속 현성을 지켜보고 있고, 그가 마법 외적인 일에 바쁘게 시간을 보내더라도 믿고 기다려주고 있는 것이다.

이런 작은 투정이나 투덜거림은 스승으로서의 자잘한 서운함의 표현 정도였다.

"하하하, 그래서 이제 다시 멋진 제자가 되려고 배움을 요청하는 게 아니겠습니까, 스승님!"

건조한 표정이던 현성의 얼굴에 갑자기 미소가 가득해졌다.

의식적으로 웃는 느낌?

하지만 그래도 풀린 제자의 얼굴 표정을 보고 있으니, 서운함도 이내 사르르 녹아내리는 자르만이었다.

─어떤 마법이 너에게 필요해졌느냐?

"구체적으로 말씀드려도 되겠습니까?"

─끌끌끌, 그럼 언제는 네가 구체적이지 않게 말한 적이 있더냐? 말해보거라.

"제 모습을 숨길 수 있는 마법, 그리고 가능한 먼 거리를 단숨에 이동할 수 있는 마법, 사람의 얼굴이나 전체적인 외형을 복제할 수 있는 마법이 있다면 알고 싶습니다."

─으음… 둘은 내가 가르쳐줄 수 있겠구나. 하나는 일리시아의 것이다. 일리시아는 이미 잠이 들었으니, 하나는 조금 나중에 배우자꾸나.

"예, 스승님. 편하신 대로 해주서도 됩니다."

─흑마법은 이동 마법이 의외로 취약하지. 효율은 떨어지

고 사용되는 마나가 많아 양쪽을 모두 배울 수 있는 네게 필요치 않다. 그 대신 네가 원하는 대로 모습을 숨길 수 있는 투명화 마법인 인비저블이나 카피 정도는 가능하지.

투명화 마법 인비저블.

복제 마법 카피.

―블랙 힐을 배우던 때를 기억하느냐?

"예, 물론입니다. 지금도 매일 꾸준히 연습하고 있습니다. 다른 건 다 잊어도 그건 잊지 않습니다."

"이미 염두에 두고 있습니다. 가르쳐 주시면 꾸준히 연습하겠습니다. 제가 할 수 있는 모든 시간을 동원해서 말입니다."

현성이 입술을 꽉 깨물며 결연한 의지를 보였다.

반복적인 연습을 통해 체득해 가는 것은 전적으로 본인의 몫.

현성은 단 한 번도 연습을 게을리한 적은 없었다.

불가항력으로 시간이 부족한 경우에는 잠들기 전에라도 한두 번은 꼭 연습하고 잠들던 현성이었다.

―네가 나중에 원하는 때에 충분히 고려하고 쓸 수 있도록 절대적인 수치를 알려주도록 하마. 인비저블 마법은 현 단계에서는 숏(Short) 인비저블 마법으로 지속 시간은 15초 정도가 될 것이다. 그리고 지속 시간만큼의 대기시간을 가진다. 반복해서 연습을 하다 보면 어느 순간인가 지속 시간의 벽이 깨지게 되는데, 그제야 비로소 인비저블 마법으로 명명을 할

수 있다.

"그때는 어떻게 되는 것입니까?"

—자신이 보유한 마나의 양만큼 원하는 대로 투명화가 가능하지. 물론 지속 시간이 길어질수록 곱절로 마나의 소모는 증가하게 된다. 아예 투명인간이 될 수는 없는 노릇이니 말이다. 끌끌끌.

"예, 알겠습니다. 스승님."

—카피의 경우에는 30초 정도의 지속 시간을 가지지만, 그 이후에 다시 사용하려면 6시간 정도의 회복 시간을 필요로 한다. 회복 시간이 무슨 말인가 하면, 카피 마법 자체가 공간을 왜곡시켜 원하는 모습을 복사해 가져오는 것이기 때문에… 그 공간이 원상태로 되돌아오기 전까지는 다시 시전할 수가 없다는 게지.

"만약 그 시간 안에 시전하려고 하면 어떻게 됩니까?"

—애초에 캐스팅이 안 될 게다. 마나가 카피 마법의 구현에 알맞도록 배열이 되지 않을 테니.

"예, 스승님."

자르만의 설명은 간결했고, 현성의 이해는 빨랐다.

15초의 투명화 시간. 15초의 회복 시간.

30초의 카피 시간(Copy Time). 그리고 6시간의 회복 시간.

현성이 계획을 세울 때, 절대 시간으로서 예상 범주 안에 넣을 수 있는 데이터들인 것이다.

*　　　*　　　*

수련은 빠르게 진행됐다.

현성에게 잠시 후에, 혹은 내일 같은 미룸은 없었다.

집으로 돌아온 현성은 바로 짐을 내려놓자마자 자르만의 가르침을 따라 수련에 들어갔다.


"바람의 흐름을 느끼고… 그 바람에 휩쓸려 같이 흘러가는 듯한 그런 느낌으로……."

거울 앞에 선 현성은 자르만에게 배운 대로 숏 인비저블 마법을 반복 수련했다.

스르르르륵―

샤아아아아―

집중한지 몇 초 정도 지났을까?

거울 앞에 있던 현성의 모습이 희미해지더니 이내 깨끗하게 사라졌다.

거울에 보이는 것은 현성의 모습이 아닌, 현성의 뒤에 놓여 있던 책장과 서랍장들이었다.

째깍째깍― 째깍째깍―

시계의 초침이 열다섯 번을 움직이고.

그제야 다시 거울 속에 현성의 모습이 돌아왔다.

"보이진 않지만, 물리적인 충돌까지 막을 수는 없다고 했으니까 그 점을 반드시 고려해야겠지."

현성이 어느 정도 생각을 정리한 듯, 고개를 끄덕였다.

말 그대로 투명하게만 만들어주는 마법이었다.

벽이나 장애물을 아무렇지 않게 통과해주는 마법은 아니기 때문에 그 점을 고려해야만 했다.


"다음은 카피 마법."

카피 마법은 인비저블 마법보다는 단순했다.

원하는 복제 대상의 사진 또는 실물을 시야로 확인한다.

단, 사진의 경우에는 사진 속의 인물을 반드시 직접 본 적이 있어야만 했다.

그리고 난 뒤에 연상하면 1~2초 정도의 시간을 두고, 얼굴과 외모의의 모습이 바뀌게 된다.

그러면 약 30초 동안은 그 사람의 전신으로 움직일 수 있는 것이다.

단, 목소리는 복제되지 않기 때문에 대화는 금물이었다.

그리고 예를 들어 전봇대라던가 곤충처럼 생물이 아니거나, 생물이어도 인체와 유사한 면적이 아닌 대상으로는 카피 마법을 전개할 수 없었다.

샤아아아—

이미 현성은 사진을 통해 한 남자의 모습으로 변해가고 있었다.

그리고.

"하아… 내 얼굴이 이랬다면 사는 세상이 좀 달라졌을 지도 모르겠는데. 크크큭."

거울에 보란듯이 나타난 것은 세련되고도 훤칠한 외모를 가진 현성의 얼굴이 아닌, 빡빡머리에 얼굴 여기저기에 여드름이 가득한 상화의 모습이었다.

잠시나마 얼굴이 바뀌어 보니, '긍정적인 마인드'로 살아가는 상화의 고충을 조금이나마 알 것 같았다.

물론! 외모에 대한 비하라던가 조롱은 아니었다.

단지 자신의 모습이 아니기에 어쩔 수 없는 어색함이었다.

—쓸 만하겠느냐? 네가 하고자 하는 일에?

자르만은 자세하게는 묻지 않았다.

하지만 알고 있었다.

현성이 자신들과 인연이 닿기 그 이전부터 홀로 살게 된 이유가 된 사고가 있었고, 그로 인해 가족을 모두 잃고 혼자 모든 것을 감내해 왔었다는 사실을.

그리고 얼마 전, 현성의 목숨을 위협하던 조직의 총수가 현성의 복수와 연관되어 있는 인물이라는 것까지는 알고 있었다.

"예, 물론입니다."

현성이 고개를 끄덕였다.

카피는 회복시간 때문에 지속적인 연습은 힘들었지만, 원리가 간단해 어렵지는 않았다.

현성은 일리시아가 잠에서 깨길 기다리며, 묵묵히 인비저블 마법을 연습하고 또 연습했다.

그리고 충분히 질릴 만큼 연습이 끝나고 나면, 팔굽혀펴기와 윗몸일으키기를 반복하며 근력을 재점검했다.


'다시 볼 날이 있을 거다. 지금은 아닌 것 같지만. 후후.'


근력 운동에 전념하고 있는 동안.

현성은 김양철이 자리를 떠나기 전, 마지막으로 남겼던 말을 곱씹었다.

왜 놈은 도망치면서 그런 말을 남긴 걸까.

허풍과 허세로 가득한 위협 정도로 보기에는 진심이 가득 담긴 말이었다.

살기도 가득했었다.

현성이 짧은 순간, 김양철에서 받은 느낌은 '지금은 어쩔 수 없이 힘이 부족하지만, 곧 힘을 키울 수 있을 것이다' 라는 자신감이 깔린 듯한 목소리였다.

섣부른 판단일 수도 있지만, 현성 스스로가 받은 느낌은 그러했다.

─언제 잠을 자려는 거니? 너무 마법의 회복에만 의존해도 좋지 않단다. 괜찮다고 생각해도 그렇지 않을 수가 있어. 잘 때는 자렴.

그렇게 두어 시간이 지났을까?

일리시아가 잠에서 깨어났다.

자신이 자는 동안 묵묵히 현성이 마법을 수련하는 것을 지켜보고 만족스레 고개를 끄덕이는 자르만을 보자, 마냥 눈만 붙이고 있을 수도 없었던 것이다.

한편으론 현성이 자신보다는 자르만에게 매번 마법적인 가르침이나 대화를 의지하는 것 같은 느낌에 생긴 질투도 한몫 했다.

일리시아가 일어나자, 그제야 자르만은 잠을 청하기 위해 침실로 들어갔다.

방금 전까지 그가 앉아 있던 자리에는 빼곡하게 적힌 기록지들이 놓여 있었다.

기록지만 정리해 놓은 가죽 서류철도 벌써 두 묶음을 넘어 갔다.

일리시아가 자르만과 티격태격하면서도 그를 마법사 대 마법사로 존경하고 또 존중하는 것은 자르만의 이러한 꼼꼼한 습관 때문이었다.

자르만은 현성의 마법적인 수련뿐만이 아니라, 생활 패턴이나 행동, 성격까지도 꼼꼼하게 관찰했다.

현성의 어두운 과거도 현성의 입으로 직접 들은 것이 아니라, 자르만이 현성을 관찰하면서 자연스럽게 알게 된 것이다.

이따금씩 잠에 들기 전, 유일하게 남은 가족사진 한 장을 뚫어져라 쳐다보며 무언가를 되새기는 현성의 모습을 본 것도 그러했다.

다만 자르만은 그런 현성에게 먼저 과거를 묻거나, 무엇을 하려고 하는지는 절대 묻지 않았다.

선택과 집중은 오로지 현성 본인의 몫이었다.

스승인 자신은 조력자로서 묵묵히 지켜보는 게 도리라 생각했다.

어쨌든 일리시아는 걱정 어린 눈빛으로 현성을 보았다.

치유 마법을 통한 회복과는 별개로 잠은 꼭 자야 한다는 것이 일리시아의 생각이었다.

결국 회복 마법도 자가 치유가 아닌, 마나의 힘으로 재생을 촉진시키는 것이기 때문이다. 반강제적인 치유인 셈이다.

"괜찮습니다."

―네게 고집을 버리라 해도 당연히 그러지 않겠지?

"물론입니다. 배움에는 끝이 없는 걸요."

일리시아의 애정 어린 핀잔에 현성이 고개를 끄덕였다.

그리고 운동으로 후끈 달아오른 열기를 식히고자 창문을 열고는 새로운 마법을 익힐 준비를 마쳤다.

―이동 마법에는 여러 가지가 있어. 순간적으로 육체적인

능력을 강화시켜 빠른 이동을 가능하게 해주는 헤이스트, 그리고 단거리를 순간적으로 이동하는 블링크, 마지막으로 장거리를 이동하게 만들어주는 텔레포트가 있지.

"헤이스트, 블링크, 텔레포트……."

전부 흥미가 가는 마법들이었다.

각각의 용도와 쓰임새가 확실해 보였기 때문이다.

─헤이스트는 가장 기본적인 이동 마법이지만 의외로 구조가 복잡하단다. 그래서 지금 속성으로 배울 수는 없어. 텔레포트도 마찬가지야. 텔레포트는 아주 정교한 움직임과 집중을 필요로 하기 때문에 쉽지 않지. 그렇다면 블링크가 지금의 네게 적당할 것 같구나.

"블링크는 어떤 효과가 있습니까?"

─순식간에 단거리 이동을 하게 만들어주지. 거리는 짧게는 3m에서 길게는 10m까지 본인이 컨트롤할 수 있어. 다만 장애물이나 시야에 구애받지 않는 텔레포트와 달리, 블링크는 시선과 맞닿아 있는 직선으로 움직이지.

"제가 눈으로 보고 있는 방향으로 움직인다는 것입니까?"

─맞아. 그 방향에서 가능한 거리 안에서 움직일 수 있지. 만약 시야의 방향이 맞지 않아 중간에 장애물과 마주한다면, 거기서 이동이 멈추게 된단다. 다만 첫 번째 블링크는 장애물을 통과할 수 있어.

"휴식 시간은 어느 정도 됩니까?"

─휴식 시간이라기보다는 휴식 횟수가 존재하지. 다섯 번은 연이어 시전할 수 있어. 그 후에 1분의 휴식 시간이 필요하단다. 어쨌든 이것도 공간을 왜곡시켜 몸의 위치를 바꾸는 마법이니까. 질서를 재편할 시간이 필요하거든.

객관적인 수치 상으로만 본다면 사실 걷는 것보다 이동거리는 짧은 셈이었다.

1분을 꾸준히 걸으면 50m, 아니 100m도 충분히 이동할 수 있기 때문이다.

"블링크는 이동을 위한 기술이라기보다는 전투를 위한 마법에 가깝다고 볼 수 있겠네요."

─정확히 봤구나. 효율로 보나 쓰임새로 보나 블링크는 완전한 전투 마법이야. 그게 아니면 쓸모가 없지.

현성은 블링크의 쓰임새를 확실하게 파악했다.

차라리 단거리를 빠르게 이동하면서 해당 지역을 이탈하거나, 혹은 접근하는 것이 목적이라면 헤이스트가 나아 보였다.

물론 지금은 배울 수 없는 마법이지만, 다음 순위로는 꼭 배울 필요가 있어보였다.

"가르쳐 주십시오."

─보채지 말거라. 안 그래도 알려줄 거란다.

현성의 마법에 대한 열망은 꼭 젊었을 때의 자신을 생각하게 하는 부분이 있었다.

─가장 먼저 블링크의 핵심은…….

일리시아는 흐뭇한 표정으로 설명을 이어나기 시작했다.

그리고 그렇게 현성의 새벽도 함께 흘러가고 있었다.

\*　　　\*　　　\*

주말 내내 현성은 자르만에게 배운 숏 인비저블과 카피, 블링크를 최대한 몸에 숙련시키는 데 집중했다.

일과 외의 시간은 단 1초도 빠짐없이 마법 수련이었다.

심지어는 매장에서 일하는 도중에 잠시 화장실을 갈 때도 현성은 마법을 재차 점검하는 것을 잊지 않았다.

일, 마법, 일, 마법.

어쩌면 무미건조 할지도 모르는 일상.

그런 현성의 일상에 최근 들어 새로운 변화가 있었다.

"오늘도 오셨네요."

"네! 주말 보강 수업 끝나고, 당일 레포트 마무리 짓고 오면 딱 이 시간이라서요."

"하하하, 이 시간에 이런 맛있는 음식들을 먹으면 살이 잔뜩 찔 텐데요?"

"그러니까요. 왜 우리 동네에 이런 맛집이 생겨 가지고…다 이게 사장님 책임이에요! 어떻게 하실 거예요?"

"어떻게 하긴요? 더 맛있는 음식으로 손님 살집이 통통하게 오르게 만들어야겠죠."

폐점 15분 전이 되면 항상 찾아오는 여자 손님이 있었다.

올해로 갓 대학생이 되었다는 그녀는 매일 이 시간이면 현성의 매장을 찾아오곤 했다.

사실 현성의 매장을 찾아온지는 좀 더 되었다고 했다.

하지만 워낙에 눈코 뜰 새 없이 바쁘던 터라 현성이 느끼지 못했었지만, 어느 정도 매장이 안정화되고 손님 한 분 한 분의 면면을 익혀가다 보니 매일 찾아오는 이 손님에 대해서도 알게 된 것이다.

처음에는 조용히 와서 김치찌개 하나에 밥 한 그릇을 뚝딱해치우고, 또 시간에 쫓기듯 자리를 뜨던 그녀.

하지만 최근에는 여유가 많이 생겼는지 30분 전에 찾아와 느긋하게 식사를 하고는 폐점 시간에 맞춰 일어나곤 했다.

예쁘장하면서도 귀엽고 작은 얼굴.

반면에 한껏 핏에 맞춰 입어 태가 드러나는 스키니진과 굴곡 있는 몸매가 고스란히 드러나는 블라우스.

멋을 낸 코트.

그녀는 '베이글'이라는 말이 딱 어울리는 그런 여자였다.

현성도 어쨌든 매장을 찾는 수많은 고객들 중에서 남들보다 우월한 외모와 귀여움을 함께 가진 그녀에게 좀 더 시선이 가는 것은 남자로서 당연한 일이었다.

그녀를 마지막으로 모든 영업이 끝나고.

늘 그렇듯이 식기 세척과 정산 및 내일을 위한 인수인계를 마무리 해놓은 현성은 퇴근할 준비를 했다.

상화는 역시나 오늘도 칼퇴근.

녀석은 무슨 일인지 오늘은 머리에 왁스까지 바르고 세미 정장 형태의 옷까지 갈아입고는 어디론가 향하는 모습이었다.

현성이 옆구리를 쿡쿡 찌르며 행선지를 물었지만, 상화는 '형이 다녀오고 나서 말해줄게' 라며 이유를 숨겼다.

딱히 짐작 가는 것이 없는 건 아니었지만, 어쨌든 양껏 꾸미고 나니 상화도 괜찮은 훈남 저리가라 하는 외모이긴 했다.

딸깍. 철컥. 철컥.

쿵쿵, 쿵쿵, 쿵쿵.

문단속까지 끝나고.

현성은 항상 그렇듯 집으로 발걸음을 돌렸다.

돌아가는 대로 마지막 점검 차원에서 밤새 마법들을 연습할 생각이었다.

내일이면 평일이 된다.

내일은 일이 끝나는 대로 집이 아닌 평화신용금고 건물을 찾아가 볼 생각이었다.

"저기요."

바로 그때.

1층 정문을 막 열고 나서려던 현성은 문 앞에서 자신에게 말을 거는 한 여자를 볼 수 있었다.

"음? 왜 이 시간까지 여기 있어요? 15분도 더 지났는데."

오후 10시 16분.

10시에 폐점과 함께 그녀가 나갔으니, 현성의 말대로 15분도 더 지난 시간이었다.

"사장님, 집 갈 때 항상 저 방향으로… 가시죠?"

"맞아요. 저기가 지름길이라서요."

"대현빌라… 아시죠?"

"알죠. 집에 도착하기 두 블록 전쯤에 나오는 걸요."

"거기가 제 집이거든요. 괜찮으시면… 같이 가주실 수 있어요? 밤길이라 혼자 가기는 너무 무서워서요."

그녀의 말 한마디 한마디마다 그 끝에서 미세한 떨림이 느껴졌다.

학생 시절, 제법 그래도 여학생들을 사귀어 본 경험이 있는 현성은 연애나 여자의 마음을 읽는데 있어 쑥맥은 아니었다.

현성은 그녀에게서 자신에 대한 호감을 느꼈다.

도끼병이라든가 헛된 상상 같은 건 아니었다.

그녀가 이미 자신과 함께 퇴근을 하기 위해 기다리고 있었고, 또 같이 가주길 원하고 있는 것만으로도 충분한 호감의 신호였던 것이다.

정말 돌아가는 밤길이 무섭고 그랬다면, 왜 예전에 자신의 매장을 찾았을 때는 그런 부탁을 하지 않았겠는가?

현성은 뻔히 그 속내가 보이는 듯하면서도, 몸을 배배 꼬며 수줍어하는 그녀의 모습이 오히려 보기에 좋았다.

현성 역시 그녀에게 호감이 있었던 것은 사실이었다.

당장에 내 인연으로 만들어야겠다, 내 이상형이다 할 정도는 아니었지만, 기회가 닿는다면 가까워지고 싶다는 생각은 늘 해왔던 것이다.

서로가 어떤 생각을 하고 있건 간에 기분 좋은 설레임이었다.

현성은 고개를 끄덕였다.

"물론이죠. 어차피 항상 가는 길이니까요. 근데 괜찮겠어요? 지름길이 빠르긴 하지만 그래도 어두컴컴한데. 차라리 밝은 길로 쭉 돌아서 가는 게 어때요."

"다리도 아프고… 그리고 저도 매일 저 길로 갔는걸요. 근데 오늘은 유난히 더 어두운 것 같아서 무서워요."

"나는 무섭지 않구요? 하하하."

"음… 맛있게 먹은 오늘 김치찌개 맛을 생각하면, 멋진 오빠처럼 절 지켜줄 거라고 믿어요. 그렇지 않을까요? 히히."

그녀가 천진난만한 웃음을 지어보였다.

해맑은 미소.

현성이 가장 부러워하고 좋아하는 미소다.

부모님이 돌아가신 이후, 현성은 마음 놓고 웃어본 적이 없었다.

모든 근심을 내려놓고 웃을 수가 없었던 것이다.

여전히 부모님을 죽음에 이르게 만든 원수들은 목숨을 부지하고, 도리어 떵떵거리며 살아가고 있잖은가.

그런 상황에서 지금에 만족하며 웃을 수 없는 것이다.

설령 웃더라도 그것은 상황에 맞는, 그리고 보여주기 위한 웃음일 뿐이었다.

"그래요, 그럼 같이 가죠. 무슨 일이 생기면 꼭 지켜줄게요."

"히히."

그녀의 해맑은 미소는 차갑디 차가운 현성의 가슴속을 녹아내리게 만드는 마력이 있었다.

그녀가 먼저 보여준 호감의 신호들.

요즘은 남자가 먼저 대시하고 호감을 표현하고, 그런 시대는 아니었다.

그녀 역시 개의치 않는 듯했다.


"대학 생활은 어때요?"

"눈코 뜰 새 없어요. 매일 과제하고, 수업 듣고, 시험 준비하고… 요즘은 학점도 어지간히 높지 않으면 안 쳐주는 시대잖아요. 그나마 학점이 높아도 다른 스펙이 딸리면 취업도 안

되고."

"꿈을 이루기 위한 조건이 점수와 몇 개의 자격증이라고 하면 속상할 수밖에 없죠. 이해해요."

그녀의 고민은 그 나이대의 남녀라면 모두가 하는 그런 고민이었다.

현성에게는 예외였다.

고등학교를 졸업하고, 현성은 대학 진학을 포기하고 사회생활에 뛰어들기로 마음먹었기 때문이다.

물론 그렇게 된 배경에는 어쩔 수 없었던 상황도 한 몫을 했지만.

"오빠 맞죠? 전 스무 살인데……."

"맞아요. 스물 둘이니까."

"그럼, 말 놔요. 오빠. 그래야 나도 오빠라고 부르는 게 편하거든요."

"그래, 그럼 그럴까?"

현성이 자연스럽게 말을 놓았다.

그녀는 적극적이었다.

앞으로 걷는 와중에도 계속 현성의 얼굴을 빤히 바라보며 대화를 이어가고 있었다.

"오빠를 보면 참 대단해요. 친오빠가 딱 같은 나이인데… 맨날 놀고 게임만 해요. 학점 관리는 할 생각도 없고, 알바를 하는 것도 아니고… 무능력해요. 하지만 오빠는 매일 부지런히 일하고, 또 매장의 오너잖아요. 정말 대단한 것 같아요."

"글쎄, 그건 생각하기 나름이지. 모든 것은 다 경험이니까. 지금 아무 일도 하지 않고 있다고 해서 무능력하다고 생각하는 건 맞지 않는 것 같은데."

"그래도요. 맨날 우리 오빠한테 얘기한다니까요. 같은 나이인데 누구는 백수고, 누구는 사장님이라고."

"별로 좋아하진 않겠네."

"오빠한테 먼지 나게 맞을 뻔했어요, 히히."

그녀가 눈가를 찡긋거리며 머리를 긁적였다.

천진난만한 귀여움.

그게 그녀의 매력인 것 같았다.


현성은 가급적 가로등 불빛이 닿는 길을 따라 계속해서 이동했다.

혼자 퇴근하는 길이었으면 야산 하나를 가로질러 넘어갔을 테지만, 오늘은 혼자가 아닌 둘이니 불안해하지 않도록 밝은 길을 이용한 것이다.

그래도 군데군데 어둑어둑한 곳이 있기는 했다.

시간 가는 줄 모르고 대화하며 걷다보니 어느새 그녀의 집 앞이었다.

대현빌라.

그리고 여기서 두 블록을 더 가면 현성의 옥탑방이 나온다.

엎어지면 코 닿을 거리였다.

"고마워요, 오빠. 덕분에 빨리 왔어요. 무섭지도 않았구
요."

"다행이네. 들어가. 나도 말동무가 있어서 즐거웠어."

"내일도 부탁해도 돼요~?"

그녀의 초롱초롱한 눈망울이 한눈에 들어온다.

여자의 귀여움이란 저런 것일까?

현성은 순간 사슴처럼 반짝이는 그녀의 눈빛을 보고는 귀
엽다는 생각에 볼이라도 꼬집어줄 뻔했다.

"내일은 폐점하고 난 뒤에 볼 일이 있어서."

하지만 현성은 차분히 그녀의 말을 받았다.

내일은 전부터 계획해 온, '그 일'을 해야 할 때였다.

그녀와의 알콩달콩한 퇴근길도 기분 좋은 일이지만, 아직
까지는 사치였다.

매듭지어야 할 일은 많고, 그 일들은 미룰 수 없다.

"에… 아쉽다. 그럼 혼자 가야 하는데에… 흑."

"그 대신 다음 날은 약속할게. 어차피 퇴근하는 길, 같이
갈 수 있으면 같이 가자."

"헤— 그래도 돼요?"

"안 될 건 없지."

"알았어요! 그럼 내일은 열심히 공부하고… 다음날에 찾아
올게요. 그때도 맛있는 김치찌개로 꼭 부탁해요, 오빠!"

"그렇게 하지."

"들어갈게요! 아, 그리고 내 이름은 수연이에요. 김수연. 히히히!"

그녀가 힘껏 손을 흔들며 점점 멀어져 갔다.

"김수연……."

현성이 되뇌이듯 그녀의 이름을 중얼거렸다.

무미건조했던 현성의 일상에 새로이 찍힌 점이었다.

가슴 두근거리는 설레임도 느껴졌다.

수연의 일방적인 호감이 아니었기 때문에 더 그렇기도 했다.

그녀의 적극적인 대시가 싫지도 않았다.

좀 더 다가가 보고 싶었다.

시간과 상황이 허락한다면.

자신에게도 약간의 여유와 사랑쯤은… 허용해도 괜찮겠다 싶었다.

\*　　　\*　　　\*

다음날 밤.

현성은 2, 30층을 훌쩍 뛰어넘는 마천루(摩天樓)들 사이에 파묻히듯 위치하고 있는 7층짜리 건물 앞에 서 있었다.

6층과 7층에는 '평화신용금고'라는 간판이 보란 듯이 붙어 있었다.

꽤나 연식이 된 건물이라 그런지, 여기저기서 낡은 냄새가 물씬 풍겼다.

어제 현성의 말 때문인지 수연은 매장에 오지 않았다.

차라리 잘 된 셈이었다.

현성은 폐점을 하는 대로 뒷정리를 상화에게 부탁하고는 미리 파악해 둔 평화신용금고 빌딩 앞에 와 있는 중이었다.

"후우."

현성이 심호흡을 했다.

그리고 품속에서 무언가를 하나 꺼내들었다.

"굳이 내 얼굴을 자랑하고 다닐 필요는 없으니까."

복면이었다.

검은색 천으로 만든 복면은 현성의 눈을 제외하고 코부터 입까지 가릴 수 있는 역삼각형의 구조로 되어 있었다.

흔히 무협 드라마라던가 퓨전 사극을 보면 나오는 살수(殺手)의 모습과 비슷했다.

이상하게 보일지는 몰라도, 유사시에는 바로 벗기기도 쉬워 괜찮았다.

현성이 얼굴을 가린 것은 혹시나 건물 내에 있을 CCTV 또는 사람에게 본 모습을 보여주지 않기 위함이었다.

현성의 입장에서는 '정의'를 위해, '복수'를 위해 하는 일이 될 지라도, 제 3자의 입장에서는 영락없는 도둑의 모습으로도 보일 수 있기 때문이다.

정의감에 불타올라 앞뒤 생각 안 하는 무대포처럼, 대책 없이 부딪히는 것은 현성의 성격과는 전혀 다른 것이기도 했다.

그래서 나름대로의 안전장치를 만든 것이다.

예상대로 건물 입구의 문은 잠겨 있었다.

하지만 때마침 경비원들이 순찰 준비를 하는 중이었다.

현성은 정문 언저리에서 상황을 살폈다.

타이밍이 잘 맞았는지, 경비원들이 막 문을 열기 위해 준비를 하는 모습이었다.

인적이 끊긴 시간인 탓에 현성에게 향해 있는 시선도 없었다.

다만 빌딩 군데군데 불 켜진 사무실이 있는 것이 내부에 사람이 아예 없는 것은 아닌 모양이었다.

샤아아—

이윽고 현성의 모습이 사라졌다.

바로 옆에 세워져 있던 승용차의 백미러를 통해 투명화가 완료된 것을 확인한 현성은 빠르게 정문 앞의 사슬고리를 뛰어 넘어, 내문(內門)이 있는 곳으로 향했다.

"어험. 어허험."

순찰을 알리는 경비원의 기침 소리.

경비원은 매번 그래왔던 것처럼 자연스럽게 담배 하나를 꺼내어 입에 물었다.

나름 환기랍시고 열어 둔 유리문.

현성은 조심스러우면서도 빠른 몸놀림으로 순식간에 경비원 앞을 스치듯 지나갔다.

"음?"

불을 붙이려던 경비원은 순간 스쳐 지나가는 바람 소리와 함께 라이터 끝의 불길이 흔들리자, 요상한 느낌에 시선을 돌렸다.

하지만 보이는 것은 아무것도 없었다.

"뭐여? 꼭 사람 지나가는 것마냥 바람이 불고 앉아 있구 먼."

사람이 지나갔다면 당연히 사람이 보였을 터.

지극히 상식적인 생각이었다.

경비원은 대수롭지 않게 다시 담배 끝에 불을 붙였다.

그러는 사이, 현성은 1층 로비를 지나 바로 비상구 계단 쪽으로 진입할 수 있었다.

엘리베이터는 처음부터 고려 대상이 아니었다.

7층까지 올라가는 길은 수월했다.

인적은 당연히 없었고, CCTV도 없었다.

한달음에 도착한 6층.

현성은 조심스럽게 비상계단의 문을 열고, 6층의 로비 쪽을 살폈다.

"……."

조용했다.

인기척이 느껴지지도 않았다.

하지만 속단할 수는 없기에 현성은 6층 로비 안으로 들어와 천천히 내부를 살폈다.

7층을 평화신용금고가 전부 쓰고 있는 것과 달리, 6층은 여러 개의 업체들이 입주해 있었다.

6층에서 보이는 평화신용금고는 구석의 일부뿐이었다.

모두가 퇴근하고 없는 자리.

현성은 유리문 사이로 보이는 평화신용금고 내부를 살폈지만, 보이는 것은 없었다.

콜센터 용도로 사용되고 있는지 질서정연하게 놓인 책상과 그 사이를 막아놓은 파티션, 그리고 정돈된 수화기들만 보일 뿐이었다.

은밀히 몸을 숨긴다거나 은신처로 쓸 만한 공간은 전혀 없어 보였다.

현성은 바로 7층으로 향했다.

원했던 것은 여기서 김양철을 만나 그와 해피 앤 러브 사이의 관계, 더 나아가 놈들의 실체를 알아내는 것이었다.

이번에 김양철을 또다시 마주하게 된다면, 절대로 빠져나갈 구멍조차 만들지 않을 생각이었다.


"흠."

7층 역시 어두웠다.

비상구를 가리키는 경고등 불빛을 제외하면, 건물 밖에서 새어 들어오는 불빛이 전부였다.

예상했던 대로 로비부터 문이 걸어 잠겨 있었다.

건물 전체를 쓰니, 아예 입구부터 보안장치를 만들어놓은 모양이었다.

예상 범주 안에 있었던 것이기에 현성은 망설임 없이 블링크 마법을 시전했다.

파앗—

약간의 바람이 일렁이고, 어느새 현성은 문 밖이 아닌 안으로 들어와 있었다.

사무실 안에는 아무도 없었다.

현성은 우선 가장 먼저 보이는 사무실 중앙의 상석(上席)으로 향했다. 모든 회사나 기업이 그러하듯, 메인이 되는 인물이 위치하는 자리인 것이다.

"음?"

한데 자리에 놓인 명패에 적힌 이름이 달랐다.


평화신용금고 신유광·이사


김양철의 이름 대신 다른 이름이 적혀 있었다.

그리고 그 옆에는 '취임사'라는 제목과 함께 직원들과 고객들 전체에게 돌린 것으로 보이는 인쇄물이 한 묶음 놓여 있었다.

현성은 종이 한 장을 꺼내어 내용을 천천히 살폈다.

…(중략)…

건강상의 이유로 일선에서 퇴직한 김양철 이사를 대신해 평화신용금고의 미래를 책임지게 된 신유광입니다. 반갑습니다.

…(중략)…

저희 평화신용금고는 고객님들과의 신뢰, 그리고 원활한 자금 유통을 위해 언제나 힘쓸 수 있도록 최선을 다하겠습니다. 감사합니다.

"……."

취임사에 적힌 날짜는 김양철이 사무실에서 현성과 일전을 벌이고, 종적을 감췄던 그날 이후로 되어 있었다.

그 시점에 김양철이 바로 평화신용금고 사업에서도 손을 뗀 모양이었다.

현성의 접근을 미리 예상이라도 했던 것일까?

아니면 우연히 시기가 겹쳤던 것일까?

현성은 다시 시선을 돌렸다.

우선 김양철의 흔적은 남아 있지 않았다.

그렇다면…….

사무실 왼쪽 공간은 아예 통째로 입간판과 대자보, 그리고 광고 모델의 등신대를 이용한 광고들이 즐비하게 늘어 세워 놓고 있었다.

홉사 행사를 진행하는 것을 방불케 할 정도로 시선을 확 끄는 배열이었다.


건강도 챙기고, 우리 가족의 미래도 챙기는 일석이조의 사업! 해피 앤 러브가 제 17기 동행 가족분들을 모십니다.

시간? 중요하지 않습니다.

자본? 열정만 있으면 됩니다.

불법? 저희는 정식 등록 된 기업으로서 대한민국의 모든 법을 준수합니다.

걱정 말고 문의 전화주세요.

저희들은 함께하실 가족분들을 언제나 기다립니다.


(주) 해피 앤 러브


같잖은 내용들의 연속이었다.

그들은 뼛속까지 불법의 탈을 쓴 다단계 판매업체였다.

물론 눈 가리고 아웅 식의 광고에 혹시나 하는 마음으로 넘어간 피해자는 수도 없이 많았다.

어머니는 그 수많은 피해자 중 하나였다.

현성은 다시 한 번 확신할 수 있었다.

평화신용금고든 해피 앤 러브든 그 끝을 봐야 했다.

하지만 김양철이 꼬리를 잘라버린 지금, 김양철과 그의 평화신용금고는 후순위였다. 이런 작은 곳은 원한다면 언제든 현성이 원하는 대로 접근하고 요리할 수 있었다.

보란 듯이, 이제는 아예 버젓이 광고까지 하며 사람들을 유혹하는 이 악마 같은 장사치들을 그대로 내버려둘 수는 없었다.

정조준(正照準).

현성의 첫 번째 복수의 칼날과 시선은 흐트러짐 없이 한 곳을 향해 있었다.

반드시 끝을 볼 생각이었다.

그래야만 했다.

어머님을 고통스럽게 만들고, 극단의 끝까지 내몬 놈들과의 악연을 털어내기 전까지는…….

웃어도 웃는 게 아니었다.

그저 흘러내릴 눈물의 또 다른 모습일 뿐인 것이다.


나오는 길은 어렵지 않았다.

들어왔을 때의 방법 그대로였다.

숏 인비저블 마법은 짧은 지속 시간에도 충분히 유용했다.

누군가의 시야에서 사라진 상태로 15초를 이동할 수 있는 것은 쓰임새가 꽤 컸던 것이다.

블링크도 마찬가지였다.

첫 번째 경우에만 장애물을 통과할 수 있다는 점을 유념하고 적재적소에 사용한다면, 이번처럼 보안 경계를 뚫기에 매우 유용했다.

카피 마법은 직접적으로 쓸 기회가 없었지만, 언제든 유사시에 활용 가능하도록 대비 중인 현성이었다.

"하아."

자신도 모르게 터져 나오는 한숨.

아련해져 오는 가슴 한 켠 사이로 돌아가신 어머니의 얼굴이 떠올랐다.

어찌 잊을 수 있을까.

현성은 두 주먹을 불끈 쥐었다.

다음 타깃은 이미 정해졌다.

바쁜 일상에 치여 잠시 미루어 두었던.

악연의 고리를 끊어내고 응당한 죗값을 치르게 할 시간이었다.

반드시 그래야만 했다.

8장
정조준, 그리고 일격

"이 정도면 됐어."

현성의 눈길이 책상 위에 놓인 물건들을 차근차근 훑었다.

소형 녹음기, 볼펜 형태로 만들어진 초소형 캠코더.

증언과 증거들을 화면과 소리로 담기 위한 것들이다.

촤르륵― 촤르르륵―

서류철에 끼워진 몇몇 사람들의 프로필들.

바로 주식회사 해피 앤 러브의 주요 인사들로 불리는 사람들의 명단과 최근의 행보들을 정리해놓은 것들이었다.

그리고 검은 복면과 라텍스 일회용 장갑.

현성의 얼굴을 가려줄 도구와 현성의 지문을 가려줄 물건이었다.

현성이 지문을 남기고 싶지 않았다.

자신이 추구하는 '정의'를 위해 불가피하게 움직이는 과정에서 남는 자신의 흔적들이 악용될 소지가 있기 때문이다.

이를테면 응당 법의 심판을 받아야 할 악인들이 자신의 몸에 남은 현성의 지문을 빌미 삼아, 이 사람이 날 협박하고 모든 것을 털어놓으라 했다… 는 식의 꼬리를 만들 수 있기 때문이었다.

꾸준한 수련으로 더 강화 된 클린 마법은 현성이 장소에 남길 법한 머리카락이나 옷 조각들을 제거, 회수할 수 있도록 했지만 지문만은 예외였다.

계속 수련을 반복한 과정에서 현성이 발견해낸 클린 마법의 허점이기도 했다.

주도면밀하게 많은 것을 계획한 현성이었다.

그리고 타깃도 이제 어느 정도 추려놓은 상태.

2주의 시간은 바쁘게 흘러갔다.

그러는 동안 수연과의 알콩달콩한 퇴근 시간의 행복도 점점 커져 갔다.

이제는 자연스럽게 항상 퇴근길을 함께하고 있었다.

그녀가 자신에게 보이는 호감의 정도도 점점 깊어갔고, 그녀에 대한 자신의 감정 역시 깊어져가고 있었다.

감정의 발전을 숨기고 싶지 않았다.

현성은 이 일을 매듭짓는 대로 솔직한 자신의 감정을 수연
에게 전달할 생각이었다.

좋아하고 있다고.

그래서 사귀고 싶다고.

거절을 당하면 당한 대로, 승낙을 받으면 받는 대로.

자연스럽게 감정을 정리하거나 이어나가면 되는 것이다.

─가는 게냐?

"예."

─조심하거라. 지켜보고 있으마.

"예. 언제나 스승님이 곁에 계시다고 생각하고 있습니다.
명심하겠습니다."

─끌끌끌, 낯간지러운 것들은 안 보고 있으니 걱정 말거라.

자르만이 특유의 능글맞은 웃음을 흘리며, 무표정한 얼굴
을 한 현성의 긴장을 풀어주려 했다.

현성도 입가에 살짝 미소를 머금으며, 고개를 끄덕였다.

정해진 목적지.

남은 것은 이동하는 것뿐이었다.


\*        \*        \*


"후아, 힘들구만."

공형식은 퇴근을 마치고 집에 돌아와, 넥타이만 대충 풀러

던지고는 침대에 드러누웠다.

"씨발, 만년 주임이야. 이 정도로 궂은일을 다 했으면 떡고물이라도 넘겨줘야 하는 것 아닌가. 내가 얼마나 뒤치다꺼리를 해왔는데. 정영숙 개년, 대표이사면 다인가? 꿀단지들은 지네들이 다 챙겨먹고, 키트를 못 팔아먹었다고 지랄하는 꼬라지 하고는……."

술기운이 확 치밀어 오르니, 머리가 띵해졌다.

최근 들어 다단계 판매 라인이 줄어든 탓에 고민이 한두 개가 아니던 그였다.

애초에 해피 앤 러브의 목적은 다단계를 통한 '상품' 판매가 아닌, 다단계를 통해 유입된 '판매자'들에게 상품이나 키트를 강매하는 것이었다.

그 판매자들이 다른 소비자를 구해 물건을 판다면 그건 지네들 운이 좋아서 돈을 버는 것이고, 그게 아니더라도 해피 앤 러브는 무조건 돈을 버는 구조였던 것이다.

문제는 최근 들어온 판매자들은 신중하고 똑똑해서 사탕발림에 넘어가 쓸데없는 정보가 대부분인 '판매용 키트'를 구매하지 않거나, 도리어 개인적인 수완을 이용해 수익을 보고 있었던 것이다.

그러니 자격 미달, 그러니까 소비자 판매 내역이 부족하거나 키트 구매가 이뤄지지 않은 판매자들에 대해 '강매하는 역할'을 해야 하는 공형식이 집중포화를 맞는 것이 당연했다.

정영숙은 해피 앤 러브의 대표이사였다.

거대한 다단계 판매 구조의 최상위에 있는 사람이자, 이것을 기획한 사람이기도 했다.

"씨발, 이러다가 잘못되면 나부터 감방에 들어가는 거라고? 개소리 하고 앉아 있네, 혼자는 안 죽어, 씨—발!"

공형식이 시원하게 욕지거리를 내뱉어댔다.

아무도 없는 집이니 그럴 만도 했다.

땅딸막한 체구에 볼품없는 외모인 그는 돈이 없으면 여자도 못 만날 사이즈의 그런 남자였다. 그래서 그런지 텅 빈 집안 분위기가 더욱 황량하게 다가왔다.

"후아……."

툭.

깊은 한숨을 내쉬며, 공형식이 유일하게 켜져 있던 스탠드 조명을 껐다.

그리고 눈을 감고 잠을 청하려는 찰나.

스으으윽—

"음?"

갑작스레 옷장 쪽에서 다가오는 한기에 공형식이 눈을 떴다.

"지금 이 순간부터 비명을 지르거나 내가 묻는 말 이외의 말을 하면 그만한 고통이 따르게 될 거다."

"억, 읍……!"

공형식은 비명을 내지르려다 입을 틀어막았다.

자신의 눈앞에 나타난 것은 복면을 한 채, 매서운 눈빛으로 자신을 쳐다보고 있는 남자였다.

하지만 달리 흉기를 들고 있는 것도 아니었고, 왠지 마음만 먹으면 쉽게 도망칠 수 있을 것 같은 느낌이었다.

어설픈 흉내를 낸 도둑인걸까.

공형식은 나름 민첩하게 움직인답시고 상체를 휙 들어 올려서는 이불을 복면인에게 박차며 내던지려 했다.

지지지지직!

"으끅!"

하지만 행동이 끊기는 데에는 1초도 채 걸리지 않았다.

비명이고 뭐고를 지를 새도 없이 온몸을 뒤흔드는 전류의 느낌에 공형식은 침대 위에서 바둥거렸다.

"다음에는 이 정도로 안 끝나."

"끄윽… 에잇! 으드드드드드드드드……!"

마지막 근성이었을까?

공형식이 다시 한 번 도망치려 몸을 비틀었지만, 이번에는 일으켜 세우기도 전에 강력한 전류의 파장이 말초신경을 타고 몸 전체로 퍼져 나갔다.

눈이 까뒤집힐 정도의 엄청난 고통이었다.

불행인지 다행인지 정신을 놓고 죽을 정도의 고통은 또 아니었다.

하지만 난생 처음 경험해 보는 엄청난 고통에 공형식은 조금이나마 살길을 찾으려했던 마음을 접었다.

"워, 원하는 게 뭡니까? 돈? 뭐죠? 제발 목숨만은……."

아직 살 날 많은 목숨이다.

죽고 싶진 않았다.

돈 몇 푼이 필요한 거면 당장에라도 쥐어주고 목숨을 부지하고 싶었다.

"해피 앤 러브의 모든 것. 어떻게 판매자들에게 S, A, B 등급 등으로 나누어서 정보 키트를 팔고 있고, 이런 형태로 피해를 본 판매자들이 얼마나 되는지."

"예? 그게 무슨… 으드아아아아악!"

말이 끝나기도 전에 공형식이 또 한 번 몸을 바들바들 떨었다.

현성의 물음에 대답 대신 다른 말이 튀어나왔으니 정해진 결과였다.

"당신이 진실을 말하지 않으면, 또 다음 사람에게 들으면 돼. 그리고 난 당신이 죽는 것에 대해서도 개의치 않아. 어차피 난 내일을 보고 사는 사람이 아니다."

현성의 목소리는 차갑고도 냉랭했다.

눈빛의 가득한 살기는 공형식을 계속 압박해 왔다.

여기서 죽고 싶지는 않았다.

현성의 라이트닝 볼트를 알 리 없는 공형식은 현성이 테이저 건 같은 것을 쓰고 있다고 생각했다.

테이저 건은 얼마든지 사람을 죽일 수도 있는 무기다.

비명을 지를 새도 없이 죽을 수 있는 것이다.

"하지만 이 얘기를 하면 나까지도 위험해지잖아. 그럼 말할 이유가 없어."

공형식은 최대한 가슴을 진정시키며 차분히 말했다.

그 와중에도 실속을 차리기 위해서였다.

"난 중요한 핵심, 그리고 이 일의 최상단에 있는 사람들에게만 관심 있을 뿐이야. 다만 이 일이 끝나고 경찰에 신고한다거나, 다른 사람들에게 이 사실을 알려선 안 되겠지. 그럼 난 다시 당신을 찾아올 거야. 그리고 당신은 더 이상 아침 해를 볼 수 없게 될 거고."

"정말인가? 입만 다물면 살려주는 거지?"

"그렇다고 했잖아… 얼마나 내 인내심을 테스트할 거지?"

약간이나마 사그라들었던 현성의 살기 어린 눈빛과 목소리가 다시 이어지자, 공형식이 다시 몸을 움츠렸다.

현성을 정면으로 마주 볼 생각은 이제 하지도 못했다.

전신이 떨려왔다.

언제 죽을지도 모른다는 생각을 하니 더더욱 그러했다.

"아, 아, 알았어! 다 말할게! 그러니 제발 목숨과 안전만은……."

"……."

현성은 대답 대신 고개를 끄덕였다.

'악인들과의 약속을 지킬 필요는 없어. 너도 심판받아야 할 사람 중 하나일 뿐이니까.'

그리고 속으로 되뇌었다.

신뢰라는 말은 이럴 때 쓰는 것이 아니다. 당연히 지킬 필요도 없다.

"사실은……."

공형식이 술술 이야기들을 쏟아내기 시작했다.

현성은 손끝을 살짝 움직여 녹음기의 녹음 버튼을 누르고, 동시에 가슴팍에 꽂아두었던 초소형 볼펜형 캠코더의 녹화 버튼도 작동시켰다.

고개를 반쯤 숙인 채 바르르 떨며 말을 이어가기에 여념이 없는 공형식은 그런 현성의 움직임을 인지조차 하지 못했다.

공형식이 털어놓는 이야기를 따라, 점점 해피 앤 러브의 치부들이 드러나기 시작했다.

공형식이 회사 직위 상으로는 대리보다도 낮은 주임직이기는 했어도, 사실 그 역시 핵심 인사 중 하나였다.

대외적인 지위가 낮은 탓에 포커싱이 안 되어 있을 뿐이었다.

하지만 김양철의 사무실에서 해피 앤 러브에 관련된 서류들을 본 적이 있는 현성은 정확히 약점을 꿰뚫어 볼 수 있었던 것이다.

공형식의 말들은 하나같이 핵심과 연결된 정보들이었다.

불법적인 키트 판매 과정, 그 과정에서 전혀 고려되지 않은 판매자들의 상황과 온갖 더미(Dummy)성 고객정보만 무의미하게 모아놓은 키트의 내용 등등… 상세한 증언이 이어졌다.

"이게 전부야. 내가 아는 모든 것을 털어놓았어. 그러니 이제 제발… 으끄아아아아아아악!"

쉴 새 없이 말을 털어놓은 공형식이 머리를 쳐들고 현성에게 목숨을 구걸하려는 순간, 현성이 다시 한 번 그의 어깨 언저리에 라이트닝 볼트의 강력한 전류를 통과시켰다.

"끄윽!"

버텨낼 재간이 없는 공형식은 그 자리에서 눈을 까뒤집은 채, 입 안 가득 거품을 뱉어내며 기절했다.

"이 정도면 충분해."

현성이 고개를 끄덕였다.

그리고 이 집으로 들어왔을 때처럼.

블링크 마법을 이용해 유유히 문을 통과하고는 계단을 따라 멀리 사라져갔다.

*　　　*　　　*

현성의 작업은 빠르게 진행됐다.

이런저런 형태로 피해자들이 속출하긴 했어도, 정작 자신들에게 직접 찾아와 해코지하는 사람들이 없었기 때문일까?

집 내외에 CCTV 몇 대를 설치한 것을 빼고는 핵심급 인사들에게서 정보를 얻어내는 것은 어렵지 않았다.

CCTV를 무용지물로 만드는 마법 덕분이었다.

블링크 마법은 사각지대에서 사각지대로 바로 접근하는데 유용하게 쓰였고, 숏 인비저블 마법은 불가피하게 CCTV의 감시 범위를 지나갈 때 유용했다.

이러니 당연히 제 아무리 성능 좋은 CCTV라도 감시망을 빠져나가는 현성의 모습을 잡아낼 수 없었다.

내부 사업 키트 판매에서 VIP 판매를 진행했던 전무 천진철도 현성에게 술술 모든 것을 토해냈다.

VIP란, 고액의 키트를 다량 구입해 본사 입장에서 빼먹기 좋은 '봉' 이 된 판매자들을 말하는 것이었다.

갈수록 경악스러운 내부의 비밀들이 까발려졌다.

그리고 목숨이 언제 사라질지 모르는 급박한 상황 앞에서는 제아무리 고위급 간부라도 술술 기밀을 털어낼 수밖에 없었다.

자신이 모든 책임을 짊어지고, 죽음도 불사하며 비밀을 지켜내겠다는 자는 단 한 명도 없었다.

저녁부터 추적추적 내린 비로 유난히도 어두운 밤과 새벽이 길었던 시간.

그 사이 여섯 명이나 되는 간부 인사들을 찾아간 현성에게는 수많은 증거자료들이 쌓였다.

내부 기밀 장부나 문서들도 건네받았다.

현성은 일말의 타협 없이, 목숨과 사실 고백, 둘 중에 하나만 할 것을 압박했고 그것은 통했다.

다음 날 아침.

필요에 맞게 복사본과 제출용 증거본을 구분한 현성은 경찰서와 함께 유명 방송국 앞으로 관련 자료들을 동시에 보냈다.

경찰에만 보내지 않고 방송사에도 보낸 것은 해피 앤 러브라는 회사가 가지고 있는 어느 정도의 머니 파워를 고려했기 때문이었다.

이렇게 해두면 설령 경, 검찰에 힘을 써서 초기 수사 단계부터 힘을 빼놓는다고 해도, 매스컴에서 연일 두드려 맞게 되니 버텨낼 재간이 없을 터였다.

방송의 힘이 그래서 무서운 것이다.

아니나 다를까.

주식회사 해피 앤 러브에 대한 익명의 제보와 관련 자료들을 전해 받은 방송사들은 그날부터 연일 특종으로 해피 앤 러브의 부정과 사기 행각에 관한 속보들을 쏟아내기 시작했다.

사실 해피 앤 러브의 불법적인 행태에 대해서는 이미 경찰이나 언론사에서도 인지를 하고 있던 상태였다.

하지만 중요한 핵심 정보가 없어 나설 기회가 없던 차에 보란 듯이 증거들이 도착한 것이다.

그것도 핵심 인물들이 직접 자신의 입으로 털어놓은 녹취,

녹화본이었다.

이쯤 되자 과거 관련된 신고가 들어와도 미적지근하게 대응하던 경찰과 검찰의 반응도 빨라졌다.

내부 사정까지는 현성도 알 법이 없었지만, 아마도 이쯤에서는 해피 앤 러브의 부정을 덮어주기 보다는 확실하게 까발려서 비수를 꽂는 것이 더 이득이 되겠다고 판단한 상층부 누군가의 생각이리라.

오히려 현성이 생각한 것 이상으로 경찰의 수사와 검찰의 기소는 빠르게 이루어졌다.

마치 범죄 입증에 필요한 모든 자료들을 모아놓고 있다가, 때가 되자 한 방에 터뜨린 느낌이었다.

현성이 확보한 녹취본과 녹화본들은 그 자료들에 신빙성을 더하고, 피고인의 입장에 서게 된 대표이사 정영숙과 이하 간부 직원들의 혐의를 입증할 증거가 되었다.

하루아침에 해피 앤 러브는 공중분해라는 말이 어울릴 정도로 아수라장이 되었다.

불법 다단계 판매에 관련해 대표이사 정영숙 이하로 관계된 사람들이 줄줄이로 소환되었다.

당연히 그에 비례하여 피해자들의 제보가 빗발쳤다.

아울러 다단계 판매와 연계 된 대부업체들까지 집중포화를 맞았다. 당연히 평화신용금고도 예외는 아니었다.

현성이 의도하든 의도하지 않았든, 결과는 대성공이었다.

경찰의 체포 광풍에는 공형식도 예외가 아니었다.

현성에게 약속 아닌 약속을 받았던 공형식은 자신은 이 엄청난 폭풍 속에서 살아남을 수 있으리라 믿었지만, 그 역시 다음날 바로 구속영장에 따라 체포된 채로 또다시 진술을 이어나가야 했다.

상황은 빠르게, 사필귀정(事必歸正)의 흐름으로 정리되어 갔다.

다만 수사 자체에 전념하고 있는 경, 검찰과는 달리 방송사에서는 제3의 상황에 시선을 돌리기 시작했다.

체포, 수사 과정에서 핵심급 간부들이 마치 짜 맞추기라도 한 것처럼 언급한 '복면인'에 대한 이야기 때문이었다.

그들은 하나같이 입을 모아 말했다.

어두운 밤, 자신을 복면을 한 남자가 찾아왔고 그 사람에게 진술을 다 털어놓을 수밖에 없었다고.

목숨을 위협했기 때문에 살아남고자 어쩔 수 없이 거짓말(경찰들의 입장에서는 명백한 진실이겠지만)을 해야 했으며, 그것은 사실이 아니라고.

모두 그렇게 말했던 것이다.

하지만 복면인이 걸친 복면과 그 사이로 보인 눈빛 정도만이 파악된 것의 전부일 뿐, 어떤 사람이 무슨 의도로 그렇게 했는지는 방송사도 알 수 없었다.

오랜 시간 계획해 왔던 어머니의 복수.

비록 완벽하게 끝을 맺은 것은 아니었지만, 이것으로 확실한 첫발을 내딛은 것은 분명했다.

그들은 법의 심판을 받을 것이다.

만약 법이 그들을 제대로 심판하지 못한다면, 그 후의 계획은 현성에게 또 채워져 있었다.

우선 첫 번째 목표는 달성한 것이다.

남은 것은 이후의 경과를 조용히, 묵묵히 지켜보는 것이었다.

*　　　*　　　*

후우. 하아. 후우. 하아.

어두운 방 안.

방 한가운데에 켜진 텔레비전을 제외하고는 불빛 하나 없는 방에서 한 남자가 묵묵히 운동에만 전념하고 있다.

현재 복면인에 대한 정보는 아무것도 알려진 것이 없습니다.

피고인의 신분으로 조사를 받고 있는 목격자 공 모씨를 비롯해 천 모씨와 정 모 씨의 말에 따르면 복면인은 이십대 초중반의 인물로 추정됩니다.

다만 의아스러운 점은 목격자들 모두 자신의 집에 복면인이 침입한 흔적과 기척을 느낄 수조차 없었고, 레이저 건으로 추정되는 전기 충격을 당했다는 것입니다.

본 사에서는 해당 복면인을 추적해보기 위해 당일 아파트나 빌라 일대에서 촬영된 CCTV를 입수 확인해 보았지만, 그 어떤 인물도 확인되지 않았습니다.

갈수록 미궁 속으로 빠져 들어가는 복면인의 정체.

그는 누구일까요?

그저 범죄자들의 두려움이 만들어낸 환상일까요?

아니면 2014년, 현대판 홍길동의 재림일까요?


삑—

운동 하는 와중에도 유심히 텔레비전 화면을 살피던 남자는 복면인에 대한 보도가 끝나고 관심 없는 뉴스가 이어지자, 미련 없이 버튼을 눌러 전원을 껐다.

치이이익.

후우우욱.

텔레비전마저 꺼져 깜깜해져 버린 방 안.

남자는 굵은 땀방울을 뚝뚝 흘리며, 담배 한 대를 입에 물었다.

"후후후. 후후후후."

터져나오는 웃음.

그의 눈빛에서는 복면인에 대한 신기함이나 궁금함이 아닌, 살기가 묻어나오고 있었다.

"재밌겠어. 현대판 홍길동이라! 이름 참 좋군. 거기에 장단을 맞춰줄 상대역이 있다면 더욱 좋겠고 말이야."

후우우우우욱—

남자가 더욱 깊게 담배 연기를 빨아들였다.

꽁초를 따라 타오르는 담배 불빛 아래로 희미하게 바닥의 핏자국들이 보였다가 사라지기를 반복했다.

남자는 무심히 불빛 아래로 보이는 바닥의 핏자국들을 양말 끝으로 슥슥 닦아냈다.

그리고 다시 한 번 연기를 빨아들이는 것이다.

살려주세요… 살려주세요……

어디에선가 들려오는 애절한 목소리.

진심으로 구원을 요청하는 목소리.

하지만 남자는 묵묵히 담뱃불의 끝이 필터 앞으로 올 때까지 연기를 끊임없이 빨아들였다.

그리고.

"그 어떤 신도 널 살려줄 수 없어. 오지랖 넓은 저놈도 결국 널 구해줄 수는 없는 거지. 영웅은 없어. 단지 자기의 가치를 늘릴 만한, 멍청하고 순한 어린 양을 찾아다니는 야비한 족속만 존재할 뿐이다."

남자는 중얼거리듯 말을 이어나가며, 천천히 자신의 작업실, 아니 지하실을 향해 움직였다.

끼이이이이—

녹슨 철문이 열리고.

쾅! 철컹!

닫히고, 잠긴다.

꺄아아아악……!

터져나오는 비명 소리.

퍼억! 빠악! 푸우욱! 퍼석!

그때마다 함께 들려오는 둔탁한 격타음들.

그리고 그것은 몇 번을 반복되다가 점점 사그라들었다.


그는 누구일까요?

그저 범죄자들의 두려움이 만들어낸 환상일까요?

아니면 2014년, 현대판 홍길동의 재림일까요?


인적 하나 없는 싸늘한 지하실 안.

횅한 지하실 한가운데에 놓인 라디오 속 녹음테이프는 사방으로 피가 솟구치고 튀는 동안, 묵묵히 정해진 구간의 내용만을 뻐꾸기처럼 뱉어내고 있었다.


『컨트롤러』 2권에 계속…

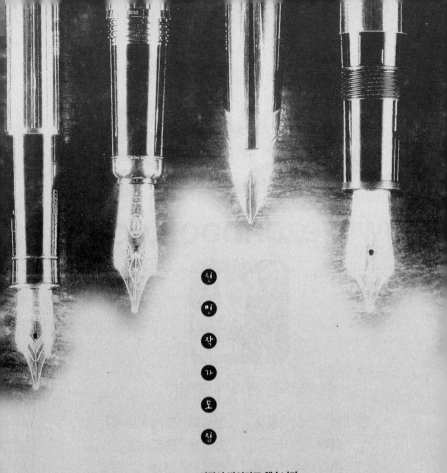

신
인
작
가
도
집

시작이 반이라고 했습니다.
작가의 길에 대한 보이지 않는 벽을 과감히 깨뜨리십시오!
청어람은 작가 지망생 여러분들의
멋진 방향타가 되어드리겠습니다.

저희 도서출판 청어람에서는
소설 신인 작가분들을 모집합니다.
판타지와 무협을 사랑하시는 분들의 많은 참여를 바랍니다.
소정의 원고(A4용지 150매)를 메일이나 우편으로 보내주시면
검토 후 출판 여부를 알려드리겠습니다.

**주소:** 경기도 부천시 원미구 심곡2동 163-2 서경B/D 2F 우편번호 420-822
**TEL:** 032-656-4452 · **FAX:** 032-656-4453
http://**www.chungeoram.com**
**e-mail:** chungeoram@chungeoram.com

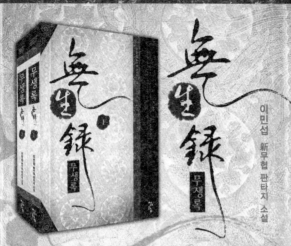

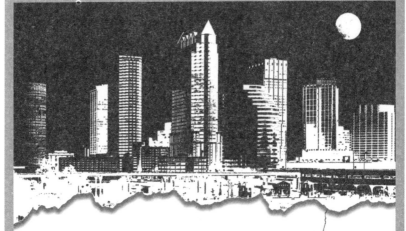

FUSION FANTASTIC STORY
천성민 장편 소설

# 짐승의 규칙

『무결도왕』 『다크로드 블리츠』
천성민 작가의 신간!

짐승의 규칙

살아야만 했다.
나를 위해 희생당한 부모님을 위해.
복수를 위해.

죽여야만 했다.
내가 살기 위해 타인의 목숨을.

그렇게……
나는 짐승이 되었다.

Book Publishing CHUNGEORAM

유행이 아닌 자유추구 -
**WWW.chungeoram.com**

도 검 新무협 판타지 소설

新刀無魂

패도무혼

최대 장르문학 사이트 문피아,
최단기간 100만 조회수 돌파!
전체 선호작 베스트! 골든베스트 1위!
2013년 하반기 최고의 기대작!

## 「패도무혼」

정파의 하늘 천하영웅맹의 그림자 흑영대.
그곳에 흑영대 최강의 사내
흑수라 철혼이 있다.

"저들은 뭔가 대단한 착각을 하고 있다.
…개떼는 목숨을 걸어도 개떼일 뿐……"

난 맹수들을 잡아먹는 포식자, 흑수라다.

눈가의 붉은 상흔이 꿈틀거릴 때,
피와 목숨을 아귀처럼 씹어 먹는 괴물
흑수라가 강림한다!

Book Publishing CHUNGEORAM